AF381292

Herstellung und Verlag:
BoD - Books on Demand, Norderstedt
ISBN 978-3-7460-3578-9

Ein Mann steht auf einer Dachterrasse, über ihm der Himmel ist hell, aber farblos. Er lauscht dem Lärm der Großstadt, der dumpf zu ihm herauf hallt, während ein Luftzug mit seinem graumelierten Haar spielt. Sein Blick fällt auf das riesige Werbeplakat an der Hausfassade gegenüber, das mit dem Satz beginnt: DIE WELT IST VIEL MEHR ALS SIE VORGIBT ZU SEIN.

Heute ist nichts mehr sicher, schuld sind die globalen Konzerne und die Großbanken, die gerne Spekulationsgewinne einfahren, aber schlechte Verlierer sind, so wie verwöhnte Kinder. Verlieren Sie, stehen Sie für den Verlust der Spekulationen nicht ein, sondern lassen diejenigen dafür zahlen, die am wenigsten mit den Bankmachenschaften zu tun haben. Den Steuerzahler im Allgemeinen, den der sich brav an alle Regeln hält.

Maximilian Rothspon hat für eine solche Bank gearbeitet und ist in der Bankenkrise gefeuert worden, weil andere, in der Hierarchie Höhere, nicht auf Ihre Boni verzichten wollten. Heute geht alles so weiter, als hätte es nie eine Bankenkrise gegeben, man hat nichts gelernt, gespielte Reue ist wieder in Arroganz umgeschlagen und man feiert wie eh und je Champagnerempfänge. Nur Leute wie Rothspon haben ihren Job nicht wieder, haben Schlafstörungen und Zukunftsängste, sie trinken den Schaumwein vom Discounter – und Rothspon für seinen Teil, kann gut damit leben. Max, wie seine Freunde ihn nennen, ist nun arbeitsloser Ex-Banker, dessen Frau sich von ihm getrennt hat, weil das Superapartment mit Blick über die Skyline und der zur „Uniform" gehörende, schwarze SUV plötzlich weg sind, Luxusurlaube nicht mehr drin sind genauso wenig wie die Fünfhundert-Euro-Botten, die sie sich regelmäßig vom Gehalt ihres Mannes gönnte. Max sieht die Welt nun aus einer völlig neuen Perspektive und das im wahrsten Sinne des Wortes. Und dabei fing alles ganz unspektakulär an.

ZWEI FREUNDE, BIER MOJITOS UND EINE TELEFONNUMMER

Viele schlaflose Nächte und frustrierende Tage, in denen er sich selbst ständig hinterfragte, liegen hinter ihm. Was hätte er besser oder zumindest anders machen können. Er kam letztendlich immer zum Schluss: NICHTS. Mitten in der Nacht wach werden und nicht mehr einschlafen können, das kann zum echten Horror werden. Gerade wenn man dann aufstehen muss, ist man so gerädert, dass man kaum Antrieb findet und spätestens nachmittags um Zwei ist man so müde, dass man dann schlafen könnte. Doch so ganz langsam hat er das Gefühl wieder Boden unter die Füße zu bekommen, auch wenn er immer noch an Schlafstörungen leidet.

Der deprimierende, nasskalte Winter sollte sich so langsam dem Ende zu neigen, wenn man dem Datum im Kalender glauben schenken mochte, denn dort steht schon März. Aber er tut es nicht, es schüttet aus Kannen, die Stadt liegt blaugrau unter einem wildlederfarbenem Himmel. Die Ledersohlen seiner Schuhe sind durchgeweicht als er die rettende Türschwelle seines Lieblingsstraßenkaffees betritt. Hier hat sich wohl seit Jahren nichts geändert, es riecht immer nach einer Mischung aus Holz und frischem Espresso. Er kann gerade noch einen Platz ganz hinten in der Ecke am Fenster gegenüber der Bar ergattern. Max schält sich schnell aus dem nassen Mantel, trocknet seine Brille und wischt sie klar, jetzt erkennt er auch die freundliche Barfrau, die ihm ein Lächeln zuwirft. Er erwidert es gleich. Sein Blick schweift durch das volle Kaffee, es ist gerade mal 11:00 Uhr und sein Hirn formuliert die Frage: sind die hier auch alle arbeitslos oder haben die Urlaub? Schließlich ist es Donnerstag und nicht Wochenende. Eine Bedienung zerstreut diesen Gedanken noch bei der Entstehung mit der Frage: „Was darf's denn sein?" „Einen doppelten Espresso bitte."

Draußen eilen Leute mit Schirmen vorbei von denen das Wasser läuft, Autos deren Scheibenwischer unermüdlich arbeiten, schieben sich Schritt für Schritt neben den „Beschirmten" her. Eine Frau fährt mit einem breiten Kinderwagen auf einen Mann zu, der ihr entgegen kommt. Der Gehweg ist kaum breit genug, so dass der Mann in den knöcheltief mit Wasser gefüllten Rinnstein treten muss. Max denkt sich „...wir leben in der Zeit, in der die Autos und die Kinderwagen immer breiter werden." Das weiße Porzellan, das seinen doppelten Espresso enthält, wird klappernd auf den Tisch gestellt. Seine Gedanken beginnen zu kreisen. Nun ist er fast vier Monate ohne Job, es kommt ihm doppelt so lange vor, weil soviel passiert ist: der Auszug seiner Frau, die jetzt einen Flugkapitän liebt... er will sich das gar nicht vorstellen... andererseits hatte er sich ohnehin in ihrem Charakter getäuscht, sie war auf ein abgesichertes Leben in Luxus aus, es ging ihr nicht um ihn, es ging ihr nicht um Liebe. Jedenfalls zum Schluss nicht mehr. „Die kann ruhig bleiben wo sie will", dachte er sich. „Ich möchte sie überhaupt nicht wieder sehen, wenn ich ehrlich bin". Dann Auto, Wohnung, den Großteil der Einrichtung verkauft, der Umzug in seine neue, kleinere Wohnung, Innenstadtlage mit einem türkischen Supermarkt gegenüber, wo er nun die meisten seiner Einkäufe erledigt... heute ernährt er sich wesentlich besser als damals, denkt er sich und muss schmunzeln.

Hin und wieder trifft sich Max mit Oliver, einem ehemaligen Klassenkameraden. Einer der wenigen Freunde, die ihm noch geblieben sind. Sie ziehen dann gemeinsam durch nächtliche Clubs, was er sich nur leisten kann, weil er noch Erspartes hat und davon lebt wie ein Eichhörnchen. Allein dafür war es wohl gut jahrelang für eine Bank gearbeitet zu haben. Er ist jedenfalls froh, dass Gerd, sein Freund aus alten Schulzeiten, genau wie er Single ist. So kann er mit ihm gemeinsam ausgehen, ohne immer das Gefühl zu haben, das „Dritte Rad" am Wagen zu sein oder bei Freunden mit scheinbar intakten Beziehungen zum Essen eingeladen zu sein und im Kreuzverhör über Beruf, weggerannter Frau und seiner Zukunft den Appetit zu verlieren.

In dem Mietshaus, in dem er jetzt im 2. Stock lebt, gibt es im Erdgeschoss einen kleinen Sushi-Laden, manchmal leistet er es sich dort zu essen. Zuletzt auch einmal mit Oliver, der ihn darauf aufmerksam machte, dass eine hübsche Angestellte des Öfteren interessiert durch ihre hübschen Mandelaugen zu ihm herüberblickte. Max dachte, Oliver zieht hin und wieder so eine Show ab, um ihn auf andere Gedanken zu bringen oder ihn zu verkuppeln... bei Oliver wusste man nie.

Er trinkt den letzten Rest Espresso, der ihm heute noch bitterer erscheint als der nasskalte Tag da draußen. Während dessen Max die „Großstadt-Choreographie", hinter der mit Regentropfen gespickten Glasscheibe auf sich wirken lässt, geht er im Kopf seinen Plan für heute durch. Eine Bewerbung schreiben, Lebensmittel und Zahncreme kaufen...

Er beobachtet das System der Regentropfen auf der Scheibe, wie sie zunächst als Individuen an der Scheibe haften, dann zögerlich mit ihres gleichen verschmelzen, um so ruckartig nach unten zu fließen, noch einen und noch einen und noch einen anderen Tropfen mitzureißen, bis schließlich ein kleiner reißender Miniaturstrom entsteht, der in rasender Geschwindigkeit Richtung Boden eilt. Plötzlich schlägt jemand seinen Schirm gegen die Scheibe und lacht schadenfroh beim Anblick seines erschrockenen Gesichts. Es ist Oliver. Gerade hatte er noch an Ihn gedacht. Oliver schiebt sich durch das kaffeetrinkende, zeitungslesende und in Gespräche vertiefte Publikum zu Max hindurch. „Na, alter Freund... siehst aus wie ausgekotzt." „Danke für das Kompliment" entgegne Max und denkt, dass man ihm wohl langsam seine Schlafstörungen ansieht. „Wie läuft's hast Du inzwischen eine Einladung zu einem Jobinterview?" „Nein, bisher nicht. Ich habe so langsam den Eindruck, mit 45 hat man die Altersschallgrenze in der Finanzwelt durchbrochen." „Gib nicht auf Max, das wird weitergehen, das passende Angebot wird kommen. Aber mal was ganz anderes... heute Abend gehen wir mal wieder ins „Blofeld", das haben wir schon lange nicht mehr gemacht und außerdem bringt Dich das mal auf andere Gedanken." „Ich bin dabei, aber jetzt muss ich noch ein paar Sachen erledigen... wann meinst Du sollen wir uns treffen?" „Ich klingele bei Dir um elf." „Also gut, ich freue mich, Olli." Als er sich den Weg nach draußen bahnte, keimt in ihm ein kleiner Funke Freude auf, Freude auf den bevorstehenden Abend mit seinem Freund Oliver.

Während er seine Bewerbung routiniert in den Computer hackt, läuft im Hintergrund ein Song von Chet Baker, eine „alte Kamelle", aber er denkt sich, irgendwie passt die Musik gut zu diesem verregneten Tag. Er schließt den Briefumschlag mit dem Gefühl sein Tagessoll erfüllt zu haben und schaut vom Wohnzimmer in die verregnete Straße hinab. Drüben beim Türken prüft eine alte Frau, die ein regendichtes Kopftuch aus Plastik trägt, andächtig die Zitronen in der Auslage vor dem Schaufenster.

23:04 Uhr, es klingelt. Es ist Oliver. Max wirft sich nur schnell seine alte Lederjacke über, fährt sich rasch mit einer Hand durch seine grau melierten Haare, zieht die Wohnungstür, die auch mal wieder einen frischen Anstrich brauchen könnte, ins Schloss und eilt die knarzende Holztreppe hinunter. Da steht Olli, der ihn mit „Na Dottore!" begrüßt. „Laufen wir, oder nehmen wir die U-Bahn?" Oliver richtet kurz einen Blick in den Himmel und bemerkt: „Könnte 10 Minuten trocken bleiben." Der Dauerregen macht in der Tat eine Pause, nur die Straßen glänzen rau und reflektieren hier und da Fragmente bunter Schriftzüge von Läden und Lokalen.

Sie machen sich auf den abendlichen Weg, bis sie schließlich am Club Blofeld ankommen, der im Erdgeschoss eines herrschaftlichen Altbaus liegt. Das Gebäude hat einen etwas morbiden Charme. An einigen Stellen, ragen schmiedeeiserne Balkonbrüstungen aus dem roten Sandstein wie aus paradontösem Zahnfleisch, hier und da schaut das Mauerwerk verstohlen hinter dem Putz hervor. Der freundliche, ägyptische Türsteher kennt die beiden noch und begrüßt sie mit den Worten: „Euch habe ich schon lange nicht mehr gesehen, alles gut?" „Ja, bei Dir auch alles klar?" Und schon tauchen die beiden Freunde in die bassgeschwängerte, rot-orangene, feuchtheiße Atmosphäre des Clubs ein. Leute stehen im engen Gang zwischen der langen Bar und der Wand aus der nahtlos Kunststoffsitzflächen wachsen. Dieser schmale Gang führt direkt auf die Tanzfläche zu und in dieser Richtung werden die Menschensilhouetten immer dunkler und dichter im flackernden Gegenlicht. Max brüllt Oliver ins Ohr, dass er ihre Jacken zur Garderobe bringt, Oliver fragt Max stimmlos aber mit kurzer Geste, ob er auch ein Bier haben möchte. Max nickt und macht sich auf den Weg durch die dunklen Silhouetten in Richtung Strobo-Licht um die Jacken an die Garderobe zu bringen. Auf dem Rückweg durch die Menge, sieht er dass Olli schon zwei Stehplätze an der Bar klargemacht hat. Bevor sie mit den beiden eiskalten Heineken Bierflaschen anstießen deutete Olli auf zwei große Cocktailgläser Mojito neben ihnen: „Ich habe uns da gleich mal noch zwei Minz-Getränke machen lassen, die kleinen Bierfläschchen sind ja schnell leer." Die Biere waren tatsächlich schnell leer, denn beide stürzten sie auf den Durst herunter.

Sie tauschten sich über aktuelle Musik aus, über Kinofilme, die gerade liefen und auch über Leute, die sie beide kannten. Noch so einige Biere und Mojitos gingen über den Tresen. Irgendwann schoben sich beide durch die feiernden Menschen in Richtung Tanzfläche. Vor dem erhöhten Dj-Pult tanzen die Leute sehr dicht bei einander, jetzt fällt Max erst auf wie voll der Laden war. Eine Diskokugel projetziert hunderttausende, kleine weiß-silberne Lichtpunkte auf die tanzenden Körper, so dass Max die Assoziation von tanzenden Menschen in einer Schneekugel hat. Er nutzt die Zeit, die Oliver auf der Tanzfläche verbringt, um die Leute zu beobachten. Eine sehr attraktive Lady mit langen schwarzen Haaren tanzt schon fast exzessiv, mit geschlossenen Augen und einem Dauergrinsen auf den wohlgeformten Lippen. Ihr weißes Tank-Top verrät, dass sie keinen BH trägt – was sie sich durchaus leisten kann. Ob sie wohl eine junge alleinerziehende Mutter ist, die sich seit langem wieder einmal eine Babysitterin leisten konnte und jetzt hier den Abend ganz für sich genießt? Vielleicht. Das Tanzen hatte sie auf jeden Fall nicht verlernt, das beobachten auch andere Herrschaften, die genau wie Max am Rande der Tanzfläche herumlungerten. Gleich neben Miss Tank-Top tanzt ein Typ eher cool im sehr engen T-Shirt, damit auch jeder sieht, dass er an sieben Tagen der Woche im Fitnessstudio abhängt. Beim Stämmen der Gewichte stöhnt er wahrscheinlich wie Moby Dick, der von der Harpune getroffen wird, und wenn er nicht mehr kann, lässt er die Gewichte mit lauten Schlägen zu Boden plumpsen. Wie dem auch sei, heute Abend trinkt er, so glaubt Max, keine Eiweiß-Shakes. Hinter den im Strobo-Licht zuckenden Körpern steht im Halbschatten an der Wand ein komischer Kautz mit Hut. Die Krempe wirft einen tief, schwarzen Schatten über die Fläche, wo eigentlich ein Gesicht zu erahnen wäre. Max kann nicht erkennen wo er hinschaut, aber einen kurzen Moment hat er das Gefühl, dass „Humphrey Bogart" ihn durch die Leute hindurch anschaut. Wahrscheinlich wirken so langsam die Biere und die stickige Luft, denkt sich Max. Er wird von dem Gedankengang losgerissen, als ihn eine Frau anrempelt, die den ganzen Abend ihren linken Arm in einem exakten 90°-Winkel hält, damit ihre Louis Vuitton Handtasche daran Platz findet. Sie läuft wirklich den ganzen Abend mit dieser Armstellung herum. Ob sie wohl auch so schläft, auf die Toilette geht, die Büroarbeit macht... jetzt ist sie zu ihren Freundinnen durchgestoßen – mein Gott, die haben alle drei die gleiche prothesenartige Armhaltung mit ähnlichen Handtaschen. Dann ist da diese Frau in den Enddreißigern. Sie hat kurze Haare und ein Gesicht mit feinen, sinnlichen Zügen. Sie tanzt mit geschlossenen Augen. Sie gibt sich der Musik und dem bunten Gewitter der Lichteffekte hin, die ihre Bewegungen wie kurze Momentaufnahmen oder Einzelfotos erscheinen lassen. Durch die langen, dunklen Wimpern ist nicht so recht auszumachen, ob die Augen wirklich geschlossen sind, oder ob sie doch noch etwas von der Außenwelt wahrnimmt. Ihr dezent lächelnder Mund verrät, dass sie sich geborgen und wohl fühlt. Sie scheint eins zu sein mit dem Rhythmus der Musik. Neben ihr tanzen zwei Kerle in völliger Ekstase, sie scheinen dass schon längere Zeit so zu machen, denn glänzend rinnt der Schweiß von ihren Stirnen. Max verwendet einen kurzen Moment, um zu hinterfragen, ob die beiden Kerle wohl ein Paar oder einfach nur Freunde sind. Da plötzlich überkommt ihn wieder das Gefühl, dass er von dem seltsamen Kerl mit dem Hut direkt angeschaut wird. Die Richtung stimmt, doch kann Max beim besten Willen durch die Lichtverhältnisse, die vielen Leute und die harten Schatten nicht erkennen, ob der Typ ihn anstarrt.

Olli kommt von der Tanzfläche, „komm' ich organisiere uns noch einen Drink". Beide bahnen sich wieder den Weg zur Bar. Oliver bestellt noch zwei Mojitos, während Max sich den Hals verrenkt, um einen Blick auf den seltsamen Typ mit Mantel und Hut zu erhaschen. Wer steht in einem so heißen Club mit Mantel und Hut herum? Doch Max kann ihn nicht ausmachen, so sehr er es auch versucht. Oliver hält ihm den Mojito vors Gesicht, „na, auf Brautschau?" Max entgegnet: „Nein ich hatte so einen seltsamen Typ gesehen, im Mantel mit Hut..." „Was hier in der Hitze? – Prost, darauf, dass Du bald wieder einen Job hast." Beide stoßen an.

Am nächsten Tag wacht Max schlagartig auf. Er ist schweißgebadet und rollt sich zur Seite, um auf den Retrowecker auf dem Nachttisch zu schauen. Es war schon 13:15 Uhr. Max sammelt seine Gedanken: „ Wow... da habe ich ja mal wirklich lange und tief geschlafen, aber irgendwie scheine ich ja etwas schlimmes geträumt zu haben, weil ich so sehr geschwitzt habe." Er lässt sich zurück ins Kopfkissen sinken und schaut auf die weiße Wand gegenüber. Dort projetziert das Sonnenlicht einen verzerrten Schatten des Fensters mit all seinen Streben und Einzelheiten. Max realisiert, dass seit Tagen endlich wieder einmal der Himmel ein sattes Blau zeigt und die Sonne strahlt. Er schlürft hinüber in die Küche, wo der Dielenboden einige knarrende Geräusche von sich gibt. Er schaltet die Espressomaschine ein und gleich darauf das Radio, das dezent, melodiösen, klavierbegleiteten Jazz von sich gibt. Am Küchentisch sitzend, lässt er einige Erinnerungsfetzen an den gestrigen Abend revuepassieren. Da kommt ihm wieder dieser seltsame Mann mit Hut und Mantel in den Sinn, dessen Gesicht er nie erkennen konnte. Seltsam, er war sich immer noch sicher, dass dieser Typ ihn ständig angestarrt hatte. Max geht ans Fenster, um sich von diesem Gedankengang zu lösen. Er sieht hinüber zum Obst und Gemüsegeschäft, wo Kunden prüfend vor den Früchten in Holz- und Plastikkisten stehen. Andere verlassen das Geschäft mit vollen Papiertüten. Fast zwei Uhr, dachte Max, Zeit was essen zu gehen. Die Espressomaschine piepst um zu signalisieren, dass sie bereit ist duftenden, goldbraunen Kaffee zu spenden. Max holt sich eine dicke, weiße Espressotasse vom Regal, mit der anderen Hand greift er eine passende Untertasse und beginnt sich einen starken Espresso zu bereiten. Ein Start in den Tag ohne eine Tasse Espresso ist in Max' Augen ein Fehlstart. Er bemerkt im Sonnenlicht, dass seine Brille schmutzig ist, nimmt sie ab und reinigt sie mit dem Saum seines T-Shirts. In der Spiegelung seiner Brillengläser sieht er dass seine Haare in alle Richtungen vom Kopf abstehen. Zeit für ‚ne Dusche denkt er sich.

Frisch geduscht und rasiert überlegt er sich nach unten in das kleine Japanische Restaurant zu gehen, das ist im Erdgeschoss gelegen und er war dort schon längere Zeit nicht mehr. Max schlupft in seine Turnschuhe, zieht sich seine dunkelblaue Strickjacke mit den ledernen Ellbogenschonern über und verlässt die Wohnung. Als er die Glastür zur kleinen Sushi-Bar öffnet, wird er sofort aufs Freundlichste vom Inhaber, einem grauhaarigen, stämmigen Japaner und seinem Personal begrüßt. Ganz besonders freundlich kümmert sich Kim, die Tochter des Inhabers um Max, von der Olli immer so spricht, als würde sie ein Auge auf Max haben. Die Wände der Sushi-Bar sind in einem dunklen Grün gehalten, von denen sich japanische Schriftzeichen goldglänzend abheben. Abends wirken die

Wände schwarz wie das Weltall und nur die Gäste sind vom Kerzenschein erleuchtet, als würden sie im Nichts sitzen. Es sind nicht besonders viele Gäste anwesend. Ein verliebtes Pärchen an einem Zweiertisch am Fenster und ein einzelner Mann an einem Tisch in der Mitte des Raumes. Der Bewirtungsbereich und die Toiletten sind von einem schmalen, aber 3 Meter langen Aquarium abgetrennt, in dem bedächtig kleine Goldfische hin und her schwimmen... eigentlich ist das doch eine chinesische Eigenart, denkt sich Max. Die Chinesen haben doch meist Aquarien mit Goldfischen oder Koi-Karpfen im Restaurant stehen... Da kommt Kim auf Max zu: „Wie geht es Dir Max, alles okay?" „Ja bei mir ist alles okay und wie geht es Dir?" „Du, ich war so was von erkältet... ich konnte nicht arbeiten gehen." „Kein Wunder bei dem Regen die letzten Tage," bemerkt Max und ist fasziniert von Kims schönen Augen. Sie sind typisch asiatisch in Mandelform und dennoch groß, schwarz und scheinen immer zu lächeln. Dazu hat sie eine kleine, feine Nase und einen schönen sinnlichen Mund, der durchaus einer Europäerin gehören könnte. Sie ist schlank, aber dennoch sehr weiblich geformt, was durch ihre meist schwarze, körperbetonte Kleidung unterstrichen wird. Auch heute trägt sie einen hautengen, feinen, schwarzen Rollkragenpullover und eine schwarze, äußerst gut sitzende Jeans. „Du hast Hunger, Max? Hast Du denn schon was gefunden?" „Ja ich würde gerne eine Miso-Suppe bestellen, einen grünen Tee und das Kyoto Menü." „Sehr gerne." Flink und lautlos wie eine Feder begibt sie sich in Richtung Küche, während Max ihr nach sieht und denkt: „Wow, sie ist sehr attraktiv, ich würde zu gerne wissen, ob Olli recht hat."

Während Max auf sein Essen wartet, schaut er in die Zeitung, die noch am Nachbartisch lag. Wie gewohnt blättert er zuerst zu den Stellenanzeigen, wo er aber heute nichts Passendes findet. Kim bringt ihm den duftenden und dampfenden grünen Tee. Als sie ihn abstellt, treffen sich ihre Augen mit Max' Augen, für einen Bruchteil einer Sekunde war der Blick eher sinnlich, verwandelte sich dann aber in ein Lächeln. „Olli könnte doch recht haben", denkt Max sofort und sehnt sich den Moment bei, wenn Sie wieder mit dem Sushi und der Miso-Suppe an seinen Tisch zurückkehrt. Dann endlich war der Moment gekommen, Kim kommt mit den Speisen auf Max zu. Für ihn gerät die Welt in Zeitlupe, fasziniert saugt er den Moment auf. Ihren elfenhaften Gang, den Wechsel von Licht und Schatten auf ihrem porzellanartigen Gesicht und wie die schlanken, äußerst gepflegten Hände, die Suppe und das Sushi auf den Tisch abstellen, während ihr Kopf ganz dicht an Max' Kopf herankommt. Ihre langen, penibel am Hinterkopf zusammengesteckten Haare riechen nach einer Mischung aus Bitterorange und Sandelholz. Als sie sich wieder aufrichtet, schaut Max auf ihre Brüste und wird von ihrem Blick dabei erwischt. Ihm wird warm und er fühlt wie das Blut in seine Wangen und seine Ohren steigt – nein wie peinlich, denkt sich Max. Doch Kim sieht ihn warmherzig an – sie sieht ihn einen gefühlten Moment zu lang an und sendet ihm ein amüsiertes Lächeln hinterher, bevor sie auf dem Absatz kehrt macht und wieder Richtung Küche „entschwebt". Beim Essen denkt Max: „Das war eindeutig, doch wie spreche ich Sie nun beim nächsten Mal an ohne plump zu wirken?" Alle seine Gedanken während des Essens drehen sich nur um Kim, während im schräg einfallenden Sonnenlicht die Miso-Suppen-Schale dampft.

Dann war es soweit, Max ist gerade mit dem Essen fertig. Es kann sich nur noch um Minuten handeln, bis Kim wieder an seinen Tisch kommen würde. Max hat all seinen Mut zusammengefasst und hatte sich eine nicht ganz so plumpe Ansprache überlegt. Da kommt Kim auch schon direkt auf ihn zu. Um so näher sie dem Tisch kommt, um so mehr spielt ein Lächeln mit ihrem Mund. „Hat es dir geschmeckt?" „Es war wunderbar, wie immer", antwortet Max. „Ich würde dann auch gleich zahlen", fügt er hinzu. „Ja ich hole Dir gleich die Rechnung", entgegnet Kim und erhält ein Zeichen von einem anderen Gast, der noch etwas zu trinken ordert. Als sie schließlich mit der Rechnung auf Max zukommt, spürt er seinen Pulsschlag. „Achtzehnfünfzig wären das dann", sagt sie zu Max und öffnet ihr großes, schwarzes Portmoney. „Ähm, mach doch Dreiundzwanzig, bitte." Max reicht ihr einen Fünfziger und hängt mit seinen Augen an Kims Gesicht, konzentriert sich auf den richtigen Einsatz für seinen Spruch. Kim holt einen vorbereiteten Zettel aus dem Kassierer-Portmoney und drückt ihn unauffällig, zusammen mit dem Wechselgeld in Max' Hand. Ihre Berührung ist, hätte ein Außenstehender sie beobachtet, einen Moment zu lang und ein wenig zu innig. Max bringt ein leises „Danke" heraus und blickt ihr tief in die Augen, bevor sie sich wieder in Richtung Küche bewegt, als ob nichts sei. Er sieht unauffällig auf den Zettel, den er von Kim erhielt und liest die feinsäuberliche, fast künstlerisch geschriebene Telefonnummer und darunter die Zeile „Rufe mich heute Abend an. Kim." Max überkommt ein stilles und dennoch unfassbar warmes Gefühl von Glück, beinahe glaubte er die Fische im Aquarium würden ihn anlächeln.

An einem anderen Ort, weit, weit weg von der kleinen Sushi-Bar, saß ein Mann im bunten Neonlicht eines billigen, nach alten Frittierfett stinkenden Schnellimbiss und wickelte einen alten, aber voll funktionsfähigen Colt 45 aus einer vom Nieselregen angefeuchteten Zeitung. Aus seiner Manteltasche holte er ein kaltes, dunkles und stumpf glänzendes Metallrohr, einen Schalldämpfer. Er schraubte ihn unauffällig, unter dem schmalen Tisch auf den Colt. Um den nächtlichen Schnellimbiss, der auf einer mit Bäumen und Sträuchern bepflanzten Verkehrsinsel stand, floss immer noch leuchtend der unermüdliche Straßenverkehr. Auf einer Seite floss er wie elegante goldene Fäden, auf der anderen Seite leuchtete er schreiend, rot wie Glut. Dahinter zeichneten sich, kaum vom nächtlichen Himmel zu unterscheiden, die riesigen Wohn- und Bürotürme auf. Nur die tausend kleinen Lichter in den Fenstern gibt ihnen etwas elegantes, vergleichbar mit Kohlensäureperlen in einem Champagnerglas. Doch in dieser schwülen Nacht war kein Platz für solche phantasievolle Vergleiche.

Oliver nutzt den sonnigen Tag für einen kleinen Spaziergang, besorgt unterwegs einige Zeitschriften und lümmelt jetzt zuhause lesend auf dem von der Sonne beschienenen Sofa herum. Irgendwas an der Musikzeitschrift erinnerte ihn an den gestrigen Abend, zusammen mit Max im Club Blofeld. Er ruft Max an und beginnt zu schmunzeln, während er auf das akustische Freizeichen wartet, denn er stellt sich Max mit Kopfschmerzen vor, wie er im Morgenmantel ungeschickt versucht das Telefon im Flur seiner Altbauwohnung zu erreichen. Um so überraschter ist er, als er am anderen Ende ein vitales, hell waches „Ja, Rothspon" vernimmt. „Mad Max, altes Haus! Alles gut?" „Klar.... Du ich habe geschlafen, so tief wie schon lange nicht mehr, wir sollten öfter einen drauf machen..." „Deswegen bist Du so fit und bist nicht wieder die ganze Nacht ‚Porzellanbus' gefahren?" Damit meint Oliver den Akt des Erbrechens, den Max schon hin und wieder nach solchen nächtlichen Touren exerzierte, denn Max verträgt nicht viel. Er lacht und knüpft sofort an: „Nein ich bin fit und war schon unten Sushi essen – und weißt Du das Beste? Ich habe die Telefonnummer von Kim!" „Neiiiiiin. Ich hab's Dir ja gesagt... die Kim findet Dich schon seit einiger Zeit gut! Mann, ich freu' mich für Dich!" „Ich mich auch, ich werde nachher mal mit Ihr telefonieren. Während der Arbeit war es ja schlecht möglich mit ihr zu sprechen – kennst ja ihren strengen Vater und die neugierigen Kollegen." So unterhielten sich die beiden noch über den gemeinsamen Abend, über Neuigkeiten von Ollis Kollegen und viele andere Dinge mehr. Draußen färbt sich die Sonne allmählich rötlich und der erste frühlingshafte Tag neigt sich dem Ende zu.

WENN DU TRÄUMST WECHSELST DU DIE WELT

Max Rothspon ist dabei die Zeitung nach interessanten Stellenanzeigen zu durchstöbern, draußen beginnt es zu dämmern, deshalb knipst er die Schreibtischlampe an. Auch dieses Mal ist nichts Passendes für Ihn dabei. Für einen Augenblick sorgt er sich über seine Zukunft, doch dann denkt er sofort daran, dass er gleich Kim anrufen wird und schon sind die finsteren Zukunftsvisionen für das Erste zur Seite geschoben. Er entkorkt eine Flasche Rotwein und schenkt sich ein Glas ein. Max fragt sich, ob Kim wohl schon zu hause ist und sieht sich im Gedanken Ihren handgeschriebenen Zettel an, fasst sich ein Herz und wählt ihre Nummer...

Auf der anderen Seite meldet sich eine eher müde Frauenstimme mit einem nüchternen „Hallo." „Hallo Kim, ich bin's, Max." Sofort verändert sich die Stimme am Anderen Ende. „Hi, das ist ja schön dass Du anrufst. Weißt Du, wir haben in der Bar die Regel – Volle Konzentration auf die Arbeit – und mein Vater achtet sehr darauf. Deshalb musste ich Dir so geheimagentenmäßig meine Telefonnummer zu schieben." „Ich fand es sehr charmant," antwortet Max. „Wie war Dein Tag, war viel zu tun in der Sushi-Bar?" „Es war ein durchschnittlicher Tag... bis auf Dich..." Max muss grinsen: „Gut dass wir kein Bildtelefon haben, sonst würdest Du jetzt meinen roten Kopf sehen." Kim lacht am anderen Ende. „Man könnte sich ja auch mal in einem anderen Restaurant treffen", schlägt Max vor. „Klar", sagt Kim, „...dann sehe ich auch, wenn Du einen roten Kopf bekommst." Beide lachen. „Ich bin zur Zeit auf Jobsuche, deshalb habe ich immer Zeit... Du kannst Dir also einen Tag aussuchen." Kim überlegt kurz, dann sagt sie: „Mittwoch?" „Klar, ich freue mich. Sollen wir was essen gehen oder einen Wein trinken gehen?" Kim antwortet leicht amüsiert: „Am besten beides, oder?" Wieder müssen beide lachen. Dann fragt Kim: „Was für einen Job suchst Du denn?" „Die Position, die ich suche könnte man mit Senior Berater beschreiben..."„Keine Ahnung, was das ist, aber Du wirst es mir sicher erklären?" „Klar, das wird aber etwas länger dauern... wollen wir es vielleicht auf Mittwoch verschieben?" Kim lacht. „Ja, ich bin gespannt." Eigentlich möchte Max ihr alles erklären, nur nicht was für einen Job er sucht, aber so hatte er es wenigstens „auf die lange Bank" geschoben. „Max, weißt Du eigentlich, dass Du Augenbrauen hast wie Tom Cruise?" „Nein, das hat mir noch niemand gesagt. Übrigens sympathisiere ich auch nicht mit den Scientologen...." „An was glaubst Du, an Gott?" „Ja, manchmal. Bin zumindest christlich erzogen... und wenn's mir richtig schlecht geht, versuche ich auch einmal zu beten." So plaudern die beiden noch eine ganze Weile weiter, so wie frisch Verliebte eben die Zeit beim Telefonieren vergessen. Als beide aufgelegt haben, war es schon tief in der Nacht und Max war jetzt nach einem Glas Wein und einer heißen Badewanne. Er lässt das Badewasser ein, legt klassische Musik im Wohnzimmer auf und gießt sich in der Küche noch ein Glas Rotwein ein. Während er so mit seinem Rotweinglas am Küchenfenster steht, bemerkt er den wunderschönen, klaren Vollmond, der weißgelb über der Stadt strahlt. In Gedanken vertieft sieht er noch eine ganze Weile aus dem Fenster und trinkt von seinem Rotwein. Nach einer Weile erinnert er sich an die Badewanne, läuft ins Bad und stellt das Wasser ab. Er zieht sich aus und steigt in das angenehm warme Wasser, der Badeschaum knistert, als er seinen Kopf auf den Wannenrand zurücklehnt. Hin und wieder macht der Überlauf Schlürfgeräusche – die Wanne ist wohl ein bisschen voll geraten. Max starrt in den Badeschaum, dessen Milliarden kleinen Bläschen bei genauem Hinsehen bunt funkeln. „Was war das für ein schöner Tag", denkt er sich während ein fast unsichtbares Grinsen über sein Gesicht huscht.

Nach einiger Zeit wird das Wasser langsam kalt. Max verspürt eine aufkommende, angenehme Müdigkeit und beschloss die Wanne zu verlassen. Bevor er in sein Bett steigt, denkt er: „Morgen ist Sonntag... ich habe nichts vor, Zeit zum Ausschlafen." Bald kommt der Schlaf über ihn wie ein warmes, dunkles Tuch. Max schläft tief wie ein Stein auf dem Grund eines Sees.

Plötzlich wird er wach. Er weiß nicht warum, aber etwas hat ihn geweckt. Er schaut auf die rotleuchtende Digitalanzeige seines Retroweckers, die 03:14 Uhr zeigt. Er dreht sich in Richtung des Fensters, wo gleißend hell das Vollmondlicht hereinscheint und Konturenscharf einen Schatten eines Mannes mit Hut an die Wand wirft. „Verdammt!" Max fährt hoch und stößt vor Schreck einen Schrei aus, der ihm im Hals stecken bleibt, weil er vorher nicht genügend Luft holen konnte. Er knippst hastig die Lampe auf seinem Beistelltisch an – und tatsächlich, dort auf dem Stuhl, wo er sonst immer seine Klamotten ablegt, sitzt der Typ mit Hut aus dem Blofeld! „Was soll das? Was machen

Sie hier?!" Die Gestalt wendet ihm langsam den Kopf zu, doch Max kann das Gesicht nicht erkennen. „Wie sind sie hier rein gekommen?!" Jetzt nimmt die Gestalt den Hut ab und legt ihn gemächlich auf das Fensterbrett neben sich. Der Mann hat kein Gesicht, der Schädel ist kahl ohne Anzeichen dafür, dass irgendwann einmal Haare auf ihm gewachsen wären. Da sind auch keine Augen, keine Augenhöhlen, kein Augenbrauen, kein Mund und wo normaler Weise eine Nase existiert ist nur eine leichte Erhebung ohne Nasenlöcher.

Max ist entsetzt von diesem Anblick und will aufspringen um die Polizei anzurufen, doch eine Stimme befiehlt ihm im neutralen, gelassenem Ton: „Bleib sitzen, wir sollten uns unterhalten." Max schaute den Gesichtslosen am linken Fußende seines Bettes an. „Wieso kann er sprechen, wenn er keinen Mund hat?" Fragt sich Max. „Weil ich den direkten Weg über die Gedanken nutze," antwortet der Eindringling.

Max formt in seinem Hirn gerade die Idee, dass das Alles nur ein Alptraum sein muss, doch der Gesichtslose zerstreut den Gedankengang sofort, indem er sagt: „Nein, das hier ist real, genauso real, wie Deine Arbeitslosigkeit und so real wie die junge Frau, die Du gerade kennengelernt hast. „Was wollen Sie von mir?!" „Ich möchte mit Dir reden, mit Deinem Bewusstsein... schließlich ist es das einzig Reale. Alleine, dass in Deinem Bewusstsein das Bild, ein Erlebnis von mir entstanden ist, beweist dass es real ist. Alles Andere – alles Andere ist reine Spekulation. Alleine ob sich die Farbe meines Mantels für Deinen Freund Oliver genauso ‚anfühlt', wie für Dich, entzieht sich jeder Messbarkeit. Es ist eine reine Konvention, wenn Du über Schwarz oder Grün sprichst. Jedes Mal wenn Du Deine Augen schließt und in den Tiefschlaf fällst, verlierst Du Dein

Bewusstsein. Du verliest es einfach und es herrschen nicht einmal mehr Dunkelheit und Stille. Trotzdem arbeitet Dein Gehirn weiter. Wie kann das sein? Hast Du mal darüber nachgedacht?" „Was wollen Sie von mir?" Fragt Max. „Ich will Dir nichts tun," verspricht der Gesichtslose mit ruhigem telepathischen Ton. Max entspannt sich etwas, dann fragt er den Fremden, dieses Mal auch mit den Gedanken: „Warum sind Sie ausgerechnet hier, bei mir?" „Nun, das ist eine lange Geschichte, aber nur soviel – ich komme aus einer anderen Welt..." „Sie sind ein Außerirdischer!" „Nein" entgegnet der Gesichtslose ruhig. „Du denkst ich komme irgendwo aus dem Universum, aber hier fängt Dein Missverständnis bereits an, denn Ihr Menschen redet immer nur vom Universum... das All, das unendlich ist. Doch die Menschen sollten viel mehr über das Multiversum nachdenken. „Multiversum", denkt Max. „Was soll das sein?" „Das Multiversum besteht aus vielen Welten die parallel, zur gleichen Zeit real existieren. Welten nicht Planeten! Wenn Du träumst, wechselst Du die Welt im Multiversum." „Sie meinen, das was ich träume ist auch Realität...?" „So ist es, die Welt besteht aus vielen Parallelwelten, die alle real sind." Max geht einen Moment in sich, und versucht im hintersten Eck seines Hirns unauffällig einige Antworten auf viele Fragen zu erhalten, denn das ist nun wirklich ein bisschen viel auf einmal, ein Fremder ohne Gesicht in seinem Schlafzimmer, der mit ihm über Telepathie kommuniziert, Universum, Multiversum... und warum ausgerechnet ich? Doch der seltsame Besucher bekommt auch das mit und beruhigt ihn: „Ja, sicher ist es ein bisschen viel für den Anfang. Am besten versuchst Du noch etwas zu schlafen, ein bisschen auszuruhen......Ich habe Dich zu kontaktieren, da ich zugetragen bekommen habe, dass Du meine Hilfe benötigen wirst." Die Stimme des Fremden wird immer leiser und fühlt sich auf einmal sehr fern an.

Max ließ sich nach unten sinken, im klaren, türkisblauen Wasser in dem seine ausgeatmete Luft in silbrig schillernden Blasen vor ihm empor stieg. Das Wasser war angenehm warm und die bullaugenförmigen Lampen in der Wand des Schwimmbeckens tauchten die ganze hellblaue Szenerie in ein magisches Licht. Max tauchte auf, am Beckenrand sitzt Kim und bewegt langsam ihre Füße hin und her, die ins Wasser hängen. Sie trug einen gelben Bikini „Schaffst Du es von hier quer durchs Becken zu tauchen ohne Luft zu holen?" Max hatte das schon längere Zeit nicht mehr getestet. „Klar, willst Du es sehen?" „Ja klar," strahlte Kim ihn an. Max holte tief Luft und ging sofort wieder auf Tauchstation. Er stieß sich unter Wasser kräftig mit den Beinen vom Beckenrand ab und setzte sich lautlos in Richtung des gegenüberliegenden Beckenrandes in Bewegung. Auf halber Strecke, gerade hatte ein anderer Schwimmer an der Oberfläche seine Bahn gekreuzt, bemerkte er dass seine Luft knapp werden könnte. Er gab ein wenig Gas um es doch noch zu schaffen, doch sein Lungenvolumen reichte wohl nicht aus. Er gab kurz vor dem Ziel auf. An der Wasseroberfläche holte er tief Luft, sah dass es gerade mal zwei Meter waren, die zum Beckenrand fehlten. Doch am Beckenrand wartete eine andere Überraschung. Dort saß seine Ex-Frau und starrte ihn mit leerem Blick an. Max erschrak.

Als er zu sich kommt, bemerkt er dass er nur geträumt hat… er befindet sich nicht im Hallenbad sondern in seinem Bett. Er zieht das Kopfkissen hinter sich und setzt sich auf. Was war das für ein bescheuerter Traum? Und da war doch noch etwas… ja richtig… diese Erscheinung dieses Mannes mit Hut aber ohne Gesicht, den er schon im Blofeld gesehen hatte, der irgendetwas vom Multiversum faselte. Aber war der Typ jetzt real – oder hatte er den auch nur geträumt. Max starrt an die Wand, dann auf den Stuhl, wo der Fremde saß. Er versucht den vorigen Abend noch einmal abzuspulen. Das Telefonat mit Kim, das Glas Rotwein am Küchenfenster, mit dem Blick auf den Vollmond, dann das warme Bad und schließlich das ins Bett gehen. Das Glas Rotwein war sicherlich für solche Halluzinationen zu wenig – also war der Typ wirklich in seinem Schlafzimmer? Er steht auf und geht zur Wohnungstür, doch das Schloss ist unbeschädigt und auch der Rest der Tür trägt keine Einbruchsspuren. Also doch nur ein Traum? Max beschließt erst einmal unter die Dusche zu gehen, um vielleicht auf diese Weise Klarheit zu erlangen. Dann noch dieser andere Traumfetzen – im Hallenbad mit Kim und seiner Ex. Er schüttelt unwillkürlich den Kopf. Was für ein Schwachsinn sich manchmal in den Träumen abspielt...

Oliver fährt im Wagen zur Arbeit, im Autoradio laufen Werbespots, im Stop-and-go geht es nur langsam von Ampel zu Ampel vor sich. Da klingelt sein Mobiltelefon. Oliver greift nach ihm, ohne auf die Nummer auf dem Display zu achten. „Ja, Hermanns?" Am anderen Ende meldet sich Max. „Hi Olli, hast Du in der Mittagspause Zeit und Lust einen Kaffee zu trinken?" „Klar, aber viel besser: Ich lade Dich zum Mittagessen ein, in die „Tangente", dann kann ich mich ausnahmsweise mal bei meinen Kollegen ausklinken." „Klasse, ich freue mich und sag' schon mal danke für die Einladung." „Keine Ursache... dann bis um halb Zwei würde ich sagen." „Ja, bis dahin."

Max, hatte lange überlegt, ob er Gerd einweihen soll, ist aber letztendlich zu dem Entschluss gekommen, seinen besten Freund teilhaben zu lassen, da er sich ziemlich sicher ist, dass diese gesichtslose Gestalt gestern Nacht kein Traum war. Vielleicht wollte Max auch nur sichergehen, dass er nicht paranoid geworden war. Kaum konnte er wieder gut schlafen, da taucht dieser Typ in seinem Schlafzimmer auf. „Olli wird denken, ich bin übergeschnappt, doch meine Klamotten lagen heute morgen nicht mehr auf dem Stuhl, sondern fein säuberlich zusammen gefaltet auf dem Boden daneben.

„Das mache ich nie." Sagt Max im Gedanken zu sich selbst.

Es ist wieder ein sonniger Tag, in der Luft liegt der Duft von feuchtem, frischem Grün. Ein paar Menschen sitzen in der Stadt auf Bänken, recken ihre Hälse Richtung Sonne oder genießen ihren Kaffee Latte aus Pappbechern. Einige Leute sind mit dem Fahrrad unterwegs, andere haben ihre schicken Oldtimer aus der Garage geholt, um die erste Spritztour zu machen. Max nutzt die Zeit bis zur Verabredung mit Oliver zu einem Spaziergang durch den Park. Im Vorbeilaufen bewundert er die blühenden weißen und violetten Krokusse auf den Wiesen. Ein alter Mann füttert Enten und ein Eichhörnchen beobachtet ihn dabei, kopfüber an einem Baumstamm. Max trägt schwer an den Erinnerungen der letzten Nacht. Es soll parallel existierende Welten geben. Träume sind auch Realität. Wie kommt es dann, dass man in Träumen Dinge tun kann, die man in der „realen Welt" nicht tun kann? Was passiert mit einem, wenn man in einer der Parallelwelten stirbt? Was ist wenn der Mann ohne Gesicht jetzt öfter vorbeischaut? Fragen über Fragen. Max schlägt in seinen Gedanken versunken, den Weg in Richtung des Restaurants Tangente ein.

13:30 Uhr. Oliver trifft zu Fuß in der Tangente ein. „Mein Name ist Herrmanns, ich hatte telefonisch reserviert." Der freundliche italienische Ober führt ihn durch das zurückhaltend elegante, Ambiente zu einem Platz für zwei Personen am Fenster. Durch die Scheibe sieht Oliver, dass Max auf das Restaurant zu schlendert, die Hände in den Hosentaschen. „Hallo Max. Na, hast Du einen Spaziergang gemacht?" „Hallo Olli. Ja ich musste dringend ein paar Gedanken sortieren." „Na, Kim hat Dir wohl den Kopf verdreht...?" „Ja, das auch... aber äähm... mich beschäftigt noch etwas anderes, ich meine Du bist mein bester Freund und wirst mich sicherlich nicht für verrückt erklären – vielleicht auch doch..." Beide müssen lachen. Sie werfen einen Blick in die Speisekarte, bestellen und dann beginnt Max von seinem nächtlichen Besucher zu erzählen, den er ja schon im Club Blofeld gesehen hatte. Oliver hört aufmerksam zu und beobachtet sein Gegenüber ganz genau, versucht an seinen Augen, seiner Haut und an seinen Gesichtsregungen irgendetwas irres, irgend ein Anzeichen einer Verwirrtheit oder Geistesstörung auszumachen, doch Max ist so wie immer. „Wahnsinn, Mad Max glaubt jetzt an Untertassen!" Fährt es aus Oliver als Max eine Pause einlegt. Max schmunzelt und starrt auf seine Serviette. „Das habe ich mir gedacht, es ist ja auch bizarr... ich meine, ich habe heute Morgen selbst geglaubt ich hätte geträumt, aber dann sah ich meine zusammengelegten Klamotten neben dem Stuhl. Ich würde so etwas niemals machen... meine Sachen werfe ich abends einfach nur über den Stuhl, ich packe niemals ein exaktes Bündel..." „Hast Du geschaut, ob Einbruchsspuren an der Tür sind?" „Klar – das war das Erste was ich heute früh getan habe, aber da war nichts." Nach einer Gesprächspause, in der beide aus dem Fenster schauten, fragt Oliver: „Kann ich irgendetwas für Dich tun?" Max entgegnet: „Was solltest Du für mich tun? Wache schieben? Beide lachen gemeinsam und Max kommt ein Bild in den Kopf, in dem Olli mit einer abgesägten Schrotflinte im Schaukelstuhl vor seiner Wohnungstür sitzt. „Max, sollte ‚Faceless' wieder kommen, rufst Du mich sofort an – okay?" „Okay, dann habe ich entweder einen Zeugen oder Jemanden, der mich direkt in die Klapse einliefert."

An einem anderen Ort lief ein Mann auf einer nächtlichen, begrünten Verkehrsinsel entlang der aufgestauten Fahrzeuge, die auf grünes Licht warteten. In seiner Manteltasche umschloss seine rechte Hand fest die schwere Pistole. Seine stahlblauen Augen schauten suchend in die transparenten Flanken der Fahrzeuge, die allesamt langsam, elektrisch und fast geräuschlos anrollen, da die Ampel auf grün gesprungen war. Das grüne Licht verleiht dem Mann auf der nächtlichen Verkehrsinsel ein dämonisches Aussehen. Er schaute sich Wagen für Wagen die Insassen genau an. Manche bemerkten es nicht, andere erwiderten den Blick ohne die tödliche Gefahr zu erahnen, die von dem nächtlichen Beobachter ausging. Die Ampel schaltete wieder auf Rot, ein feiner Nieselregen setzte ein, während der Mann langsam und unbeirrt weiter die wartenden Fahrzeuge abschreitete. Plötzlich fokussierte er ein Fahrzeug. Ein Mann in Pilotenuniform sitzt am Steuer des Wagens. Der Bewaffnete richtete seinen schallgedämpften Colt direkt auf Kopfhöhe des Fahrers, der sofort verstand und die Beifahrertür entriegelte, die nach oben öffnete. „Sie fahren zum Flughafen, wenn Sie befolgen was ich Ihnen sage, passiert Ihnen nichts!" Der Fahrer in Pilotenuniform nickt und legte die Hände wieder vorsichtig ans Steuer. „Wir fahren über den südlichen Zubringer zum Flughafen, da ist jetzt weniger los." „Okay." Antwortete der Pilot knapp.

Nach einer halben Stunde fahrt fragte er den Bewaffneten vorsichtig: „Warum tun Sie das?" „Ich habe das Bürgermeister Ehepaar auf dem Gewissen." „Sie waren das? Es war den ganzen Tag in allen Medien. Aber warum? „Nun, sagen wir einmal so: man hat nicht so gespielt, wie ich das wollte. Und deshalb sterben auch gerade sämtliche Bürokraten in der Einwanderungsbehörde." „Sie sind Einwanderer?" „Ich wollte Einwanderer sein, aber man wollte mich nicht in diesem Land und in dieser Stadt. Nun sehen alle was sie davon haben." „Aber damit werden Sie sicherlich nicht weit kommen, die haben den Flughafen mit Sicherheit gesperrt." „Mag sein, aber noch wissen sie ja nicht nach wem Sie suchen sollen. Da vorne fahren Sie raus." „Aber der Flughafen ist erst die nächste Ausfahrt...?" „Machen Sie was ich sage." Der Wagen rollte auf den nächtlichen Parkplatz eines riesigen Friedhofs, der bei solchen Megastädten eher an einen Park, als an einen Friedhof erinnerte. „Halten Sie hier, wir gehen ein Stück." Vom riesigen Gelände des Friedhofs, dass mit seinen Grabsteinen wirkte wie eine Stadt, in der das Licht ausgefallen ist, konnte man in der ferne die echte Stadt, mit ihren funkelnden Lichtern sehen. Der Pilot will sich gerade erkundigen, wo der Bewaffnete hin möchte, als ihn der kalte Schalldämpfer im Genick berührt. „So, ziehen Sie sich hier aus, legen Sie Ihre Kleidung dort auf die Bank." „Aber..." „Machen Sie schon, dann passiert Ihnen nichts." Der Flugkapitän zog seine Uniform aus. „Los, das Hemd und die Krawatte auch."

Als er seine Kleidung auf die Bank gelegt hatte, wollte sich der Pilot gerade zu seinem Peiniger umdrehen, als ihn dumpf zwei Projektile im Kopf trafen. Der Mörder würdigte seinem Opfer keinen Blick, schreitete zielstrebig an die Bank, wo er sich in aller Ruhe Stück für Stück die Uniform des Piloten anzog.

Am Wagen angekommen, setzte er die Fahrt in Richtung des Flughafens fort, den er nach nicht ganz zehn Minuten erreichte. Er durchsuchte seine Manteltaschen und fand in einer der Innentaschen eine kleine, unscheinbare Ampulle, die er behutsam in den Pilotenkoffer verstaute. Er legte die Pistole in das Handschuhfach des Wagens. Dann zog er den Dienstausweis des Flugkapitäns durch ein Gerät, das das Ausweisfoto in das seine tauschte. Seine Handschuhe streifte er erst ab, als er den Wagen *verließ und verstaute sie in eine Seitentasche seiner Uniform. Auf dem Weg durch das Terminal dachte er sich: „Na gut, hier wollte man mich nicht, aber jetzt bin ich auf den Weg in ein anderes Land, wo man keine Wahl mehr haben wird."*

FACELESS UND DER DUFT VON FRANGIPANIBLÜTEN

Am Abend sitzt Max wieder vor seinem Rechner und durchforstet Jobportale nach passenden Angeboten. Heute war sogar eines dabei, dass auf sein Profil passt. Er studiert es genau und macht sich umgehend daran eine Bewerbung zu formulieren. Als er diese versendet hatte, kam ihm Kim in den Sinn. Er fragte sich, ob er sie einfach mal anrufen sollte, obwohl sie ja schon bald verabredet sind. Gefragt – getan, er wählt ihre Nummer.

Kim ist gerade aus der Duschkabine gestiegen, schlupft in einen hellblauen Bademantel und frottiert sich ihre langen, schwarzen Haare als ihr Mobiltelefon klingelt. „Ja, Takimoto?" „Hallo, hier ist Max..." „Hi Max, hast Du Dein Telefon auf anonym gestellt, ich konnte Deine Nummer nicht sehen?" „Das kann sein... aber nicht bewusst. Ich habe das Handy noch nicht so lange und bin noch nicht besonders vertraut mit dem Teil." „Aha... und das als Mann..." Sie lachte und steckte Max sofort damit an. „Was gibt's denn Max?" „Och, nichts Besonderes... ich wollte einfach Deine Stimme hören." „Meine Stimme. Nun morgen Abend hörst Du meine Stimme live und mit Bild..." „Ich weiß und ich freue mich wahnsinnig auf unseren gemeinsamen Abend. Was hältst Du davon, wenn wir thailändisch essen gehen?" „Ja gerne, ich mag die thailändische Küche sehr." Sagt Kim und legt sich dabei, die noch feuchten Haare hinter ihr Ohr. „Sollen wir uns beim Thailänder auf der Berliner Straße treffen?" fragt

Max. „Ja, lass uns das so machen. Was hast Du denn heute so angestellt....?"

Beide reden noch eine gute Stunde angeregt über dies und das und merken überhaupt nicht wie die Zeit vergeht.

Es ist bereits tief in der Nacht, als Max sich vor dem Spiegel im Bad, einem alten Barockspiegel, die Zähne putzt. Beim Putzen denkt er: „Ob heute Nacht wieder ein Besuch vom Gesichtslosen ansteht? Oli nannte ihn FACELESS... hmm, ein guter Name!" Max schlurft ins Schlafzimmer, legt sich ins Bett, löscht das Licht und bemerkt wie seine Augenlieder immer schwerer werden und sich sein Körper immer mehr entspannt. Bald ist sein Atem langsam und gleichmäßig – er ist eingeschlafen.

Meeresrauschen, der nicht ganz gleichmäßige Takt vom heranrollenden Wasser. Nasser Sand juckte im Ohr, die Sonne brannte auf die Schulterblätter. Max öffnete die Augen, ein kleiner sandfarbener Krebs lief vor seinen Augen über den Sand und verschwand innerhalb von Sekunden in einem kleinen Sandloch. Max hebt langsam den Kopf, sein Genick schmerzte. Er befreite seine linke Gesichtshälfte vom nassen Sand und setzte sich auf seine Knie. Wo ist er? Wie ist er hier hergekommen? Sein Blick wanderte an sich hinab. Er trug eine nasse, zerrissene Nadelstreifenhose, darüber ein durchnässtes, weißes langärmliches Hemd und eine gelbe Schwimmweste. Ihm fröstelte in der nassen, sandigen Kleidung. Am rechten Oberarm hatte er einen Schnitt, der noch ein wenig blutete. Er zog die nassen Klamotten, bis auf seine Unterhose aus. Sein Blick schweifte in die Umgebung. Styropor-

stücke und eine gelbe Schwimmweste tanzen im Brandungswasser in seiner Nähe und am Strand weiter hinten liegt etwas, das aussieht wie ein Flugzeugsitz. Der feine Sandstrand war langsam aufsteigend, bis zu der Stelle, wo er sich in dichtem Grün verlor, aus dem hohe, sattgrüne Palmen ragten, die sanft im Wind rauschten. Max lief den Strand hinauf bis an den Rand des Tropenwaldes, hing seine nassen, sandigen Klamotten an einem Ast auf. Er verhielt sich ruhig und starrte in das Dickicht, hörte nach Tieren und anderen Menschen, doch es war nur der Sanfte Wind und einige Vogelstimmen zu hören. Er drehte sich noch einmal in Richtung Meer um, über dem sich ein tief blauer Sommerhimmel mit einigen weißen Kumuluswolken am Horizont präsentierte. Es fiel ihm schwer sich an das zu erinnern, was geschehen war, aber er vermutete, dass er einen Flugzeugabsturz oder eine Notwasserung überlebt hatte. Als erstes müsste er einmal die Umgebung erkunden, um sich ein genaueres Bild seiner Lage zu machen. Also entschloss er sich den Strand entlang zu laufen. Nach einer Weile brannte seine Haut und ihm wurde klar, ohne Sonnencreme würde er sich den Sonnenbrand seines Lebens holen, wenn er nicht den Schatten suchte. Also lief er am Rand des Dickichts weiter, wo Sträucher und Palmbäume ihm etwas Schatten spendeten. Nach einer gefühlten Stunde strammen Marsches verspürte er Durst. Er erinnerte sich an verschiedene Filme, in denen die Gestrandeten immer aus Kokosnüssen tranken. Aber die musste er erst einmal finden, momentan sah er nur Dattelpalmen. So machte sich ein beklemmendes Gefühl in seiner Brust breit, ein Anflug von Überlebensangst überkam ihn. Doch Max marschierte weiter und dachte dabei: „Na und, es gibt hässlichere Orte um drauf zu gehen. Zum Beispiel ein Schreibtisch in einer Bank...“

Nach weiteren gefühlten zwei Stunden Marsch stand die Sonne so hoch, dass er sich dazu entschied in den Dschungel einzutauchen. Da hatte er Schatten und eine größere Wahrscheinlichkeit Essbares und Trinkbares zu finden. Der Schatten tat ihm gut, er bekam wieder positivere Gedanken und Überlebensmut. Hin und wieder blieb er stehen, schloss die Augen und lauschte einigen Vögeln, die in der Ferne sangen, es roch nach feuchter Erde, sattem Grün und nach Frangipaniblüten. Wäre seine Situation nicht so prekär, wäre es das Paradies, dachte er sich als er die Augen wieder langsam öffnete. Er lief weiter und entdeckte bald einige Kokospalmen auf einer Lichtung. Der Boden war überzogen von dichtem Hellgrün aus dem kleine, orangene Blüten ragten. Der Anblick raubte Max fast den Atem, doch jetzt musste erst einmal eine Kokosnuss her. Er versuchte eine Palme empor zu steigen, was für's erste auch nicht so schlecht aussah, doch er kam nicht bis oben an die grünen Kokosnüsse heran. Er stieg wieder vorsichtig ab, machte sich zitternd die Hände und die Brust sauber. Seine Augen suchten um sich herum den Boden ab, um vielleicht irgend etwas geeignetes zum Werfen zu finden. Nach einigen Minuten entdeckte er einen Stein, der eine gute Wurfgeschossgröße hatte. Er stemmte ihn aus dem Boden, einige Insekten ergriffen die Flucht. „Bald werde ich gezwungen sein Euch zu essen", dachte Max und bückte sich nach dem Stein. Er ging etwas zurück um seine Wurfposition auf die Kokosnüsse in der Palmenkrone auszuloten, dann warf er kraftvoll... vorbei.

Sein Blick folgte dem Stein, bis er leise den dumpfen Aufschlag in einiger Entfernung vernahm. Stille Enttäuschung machte sich breit. Stille? Was war das im Hintergrund? Es war ein Rauschen wie von einem Wasserfall. Max ging langsam und noch immer genau auf das Geräusch aus der ferne lauschend, ein paar Schritte. Er wurde schneller und begann vor Neugierde zu rennen. Nach 10 Minuten wurde das Rauschen lauter, die Luft feuchter und etwas kühler. Von dem dunklen, dichten Blattwerk im Vordergrund, hob sich nun ein von der Sonne beleuchteter heller Fels ab, nein es waren mehrere, schöne, runde Felsen, die teilweise von Vegetation überzogen waren und teilweise hellgrau und nackt in der Sonne lagen. An ihnen plätscherte verspielt und klar ein kleiner, etwa ein Meter breiter Wasserfall herab. Max schob das Blattwerk zur Seite um weiter nach vorne zu kommen, um zu sehen wo der Wasserfall endete. Er entdeckte eine nierenförmige Lichtung, wo der Bodenbewuchs in feinen, fast weißen Sand überging und sich dann zu einem bildschönen, kleinen, grünbläulichen See hinunter senkte. Es schien so friedlich, so herrlich, dass Max beinahe seinen Durst vergaß, aber nur beinahe... schon schloss er seinen staunenden Mund wieder und lief zum Wasser, fiel auf seine Knie und trank hastig und händevoll das wohltemperierte Süßwasser. Nachdem er seinen Durst gestillt hatte, schaute er sich, wie ein Tier auf allen Vieren hockend um. Da, am gegenüberliegenden Ufer, da liegt doch jemand?! Er richtete sich auf, um eine genauere Sicht zu haben.

Ja, ohne Zweifel, da lag ein Mensch. Sah aus wie eine Frau. Er lief zügig durch das seichte Wasser um den kleinen See. Ja, es ist wohl eine Frau. Seine Schritte wurden langsamer und vorsichtiger. Sie lag auf dem Bauch, ein Bein gestreckt und eines angewinkelt. Ein Arm gerade am Körper, der andere endete mit der Handfläche unter ihrem Kopf. Eigentlich eine Schlafposition. Max betrachtete die junge Frau. Ihre Haut war tadellos, sie war gebräunt aber wirkte nicht exotisch. Um so seltsamer kam Max es vor, dass sie nur mit einem wildlederartigen Lendenschurz bekleidet war, der auf der Seite weit geschlitzt ist, so dass Max ihr fast in den Schritt sehen konnte. Wahrscheinlich war sie auch gestrandet? Er schlich näher an sie heran und staunte. Ein wunderbarer Rücken, perfekte Haut. Das was er, durch die brünetten Haare, von ihrem schla-

fendem Gesicht erkannte, war sehr attraktiv, Sie war keine Mulattin, keine Asiatin aber auch keine Nordeuropäerin... vielleicht eine Latina? Dafür schienen die Haare zu hell... Das was er am besten sah war ihr Hintern, er hatte eine perfekte Birnenform und lag da verführerisch vor ihm.

Im Schatten ihres angewinkelten Arms taten sich zwei helle Punkte auf. Sie öffnete die Augen, setzte sich langsam, schlaftrunken und unerschrocken auf. „Who are you?" fragte sie mit gebrochenem Englisch, verschlafenem Blick und leiser, sanfter Stimme. Eine Gesichtshälfte war noch mit Sand „paniert", doch das störte Max nicht, dessen Blick erst einmal an ihren großen, türkisgrünen Augen festhielt, bevor er über die vollen, völlig ungeschminkten Lippen auf die perfekten handgroßen Brüste wanderte. Max überkommt spontan animalische Lust, hier am Ende der Welt mit dieser amazonenartigen Frau. Sie betrachtete ihn auch genau, bevor sie ihn bat sich zu ihr zu setzen. „What's your name?" „I'm Max. And yours?" „My name is Laguna." Max musste schmunzeln. „It's a fantasy name...?" Sie lachte leise, senkt den Kopf und schaut Max über ihre Ellbogen genau an. „No, it's my real name... my father gave it to me." Ihre Augen schauten tief in seine, beide sagten nichts. Sie hob den Kopf aus ihren Armen, ohne den tiefen Blick in Max' Augen zu verändern. Er fühlt sich wie unter Hypnose und kam ihrem Gesicht näher. Sie wich nicht aus und ihre Lippen fanden sich schließlich. Beide küssten sich ausgehungert. Max presste die fremde Schönheit in den feinen, weißen Sand während ihre heiße Zunge seine umkreiste und Max ihren Körper an seinem spürte.

Doch irgendetwas störte ganz leise, aber unpassend, ein Geräusch, das nicht zum Moment, nicht in die Umgebung passte.

Jetzt wo es lauter wird, weiß Max es einzuordnen: es ist sein Wecker der klingelt und ihn aus seinem paradiesischen Traum reißt. Max setzt sich auf und glaubt noch die Lippen dieser Amazone auf seinen zu spüren, auf jeden Fall ist er für einen Moment noch ziemlich erregt. Nach einer Minute sagt er sich: „Werde wach, es war nur ein Traum." Aber etwas in ihm antwortete: „Moment mal, Faceless sagte doch, jeder Traum ist auch Realität..." Aber wahrscheinlich war Faceless ja auch nur geträumt. Max lässt sich wieder ins Kopfkissen fallen. „Mann, war das ne heiße Frau, auf dieser sagenhaft schönen Insel." Er überlegt, ob man es wohl schafft Träume zu programmieren? Er wüsste schon, wo er kommende Nacht stranden würde.

Am Abend macht sich Max auf den Weg, um Kim zu treffen. Seinen Traum hat er längst schon wieder verdrängt. Es ist schon dunkel, aber denn noch ein milder Abend. Vor dem thailändischen Restaurant wartet er auf Kim, schaut auf die Uhr und dann die Straße hinunter, da tippt ihm jemand auf die Schulter. Max dreht sich auf dem Absatz herum und blickt in Kims strahlendes Gesicht. „Hallo Max!" Der ist sichtlich beeindruckt, denn heute sieht Kim noch bezaubernder aus als sonst. Die Kontur ihrer offenen, langen, schwarzen Haare schimmert blau, ihre großen dunklen Augen strahlen liebevoll und doch auch geheimnisvoll und ihre Haut wirkt glatt und perfekt. Sie trägt eine glattlederne, schwarze Bomberjacke und darunter ein leichtes, schwarzes und ziemlich kurzes Abendkleid, das sehr sexy ihre Figur umschmeichelt. Max umarmt sie, um ihr einen Begrüßungskuss zu geben, da nimmt er wieder ihren Duft nach Bitterorange und Sandelholz war. Sein Kuss sollte die Wange treffen, doch Kim dreht sich so zu Max, dass sein Kuss mitten auf ihre weichen Lippen trifft. Er hält kurz inne, doch sie fährt mit ihrer Zunge behutsam aber zielsicher in seinen Mund. Beide küssen sich zärtlich und vergessen Raum und Zeit. Nach einer ganzen Weile lösen sich ihre Lippen und Max fragt mit zärtlicher Stimme: „Sollen wir reingehen, bevor sie unseren Tisch einem anderen Pärchen geben?" Sie nickt schnell und nimmt Max' Hand, um mit ihm das Restaurant zu betreten. Eine elegante, junge Thailänderin in einem bunten, landestypischen Outfit begrüßt beide auf Thai und fragt anschließend auf Deutsch, auf welchen Namen sie reserviert haben. „Rothspon" sagt Max. Die Thailänderin schaut kurz in einem Buch im Eingangsbereich nach und fordert dann die beiden auf ihr zum Tisch zu folgen. Das Restaurant war schon sehr voll, das Ambiente ließ einen beinahe vergessen, dass man in Europa ist. Große Grünpflanzen, kleine Teakpagoden unter denen Leute sitzen, kleine Separees mit aufwendigen Schnitzereien, Wandreliefs an den Wänden aus Schamott, die anmutige Tempeltänzerinnen und Elefanten zeigen. Am Tisch angekommen, der auch in einem Separee steht, ziehen beide die Schuhe aus und treten eine Stufe hoch auf ein Holzpodest, wo der traditionelle, flache, thailändische Tisch steht. Max fragt Kim: „Warst Du schon einmal hier?" „Nein, aber ich wollte immer einmal hier essen gehen." Antwortete Kim. Beide beginnen in den Speisekarten zu lesen und Kim bemerkt kichernd: „Die Auswahl ist so groß... man weiß überhaupt nicht was man nehmen soll!" „Es wird sich etwas finden," sagt Max. „Ich nehme auf jeden Fall eine Tom Kha Gai als Vorspeise", fährt er fort. „Du suchst den Wein aus" sagt Kim und schaut ihn dabei über die Speisekarte hinweg an.

Als sie schließlich bestellt haben, sehen sie sich einen Moment lang an und Max greift nach Kims Hand. „Ich fand's schön was eben vor der Tür passiert ist." Kim lächelt. „Ich wusste nicht, ob es Dir recht ist, aber mir war danach Dich zu küssen." „Es war mir sehr recht." Antwortet Max. „Ich bin manchmal etwas zurückhaltend... dann ärgere ich mich später, dass ich dies oder jenes nicht gemacht oder gesagt habe..." „Du bist etwas zurückhaltend, das finde ich ganz charmant." Antwortet Kim. „Es ist wirklich seltsam... ich dachte Du seist die Zurückhaltende von uns beiden." Kim lächelt und gibt zurück: „Unterschätze niemals eine Frau." Beide lachen. „Was findest Du eigentlich an mir? Was war der Auslöser, dass Du mir Deine Nummer gegeben hast?" „Du bist nicht nur zurückhaltend, sondern auch attraktiv, ich mag Deine graumelierten Haare, wie Du mich immer so schüchtern angesehen hast... ich mag Deine Hände, die könnten von einem Klavierspieler sein. Und natürlich Deine Augenbrauen, die könnten von Tom Cruise sein." Er schüttelt den Kopf und erhebt das Weinglas. „Auf Dich." Beide trinken von ihrem Wein und können die Augen nicht von einander lassen, während geschickt und beinahe lautlos ein Gruß aus der Küche serviert wird. „Ich weiß eigentlich überhaupt nichts von Dir, nur dass Du in der Sushi-Bar in meinem Haus arbeitest... wer ist die schöne Kim? Was liebt sie, was hasst sie, welche Musik hört sie, mag sie Kinofilme...?"

Kim benötigte einige Zeit für ihre Antwort. „Also wenn ich nicht arbeite... und ich arbeite viel..." Sie kichert kurz. „Dann mache ich gerne meine Yogaübungen, versuche in Meditation besser zu werden, gehe gerne zum Krav Maga Training und ich höre gerne klassische Musik von Händel, Vivaldi..." „Du versuchst in Meditation besser zu werden... das hört sich interessant an, bist Du Buddhistin?" „Ja, meine Familie hat mich buddhistisch erzogen, aber in der heutigen Welt ist es überhaupt nicht einfach buddhistisch zu leben. Trotzdem versuche ich mein Bestes." „Und wie meditierst Du genau? „Ich versuche über Atemtechnik und die Entspannung des gesamten Körpers ganz in mein Inneres zu gehen. Von da aus kannst Du Dinge sehen und versuchen ins Bessere zu verändern... Du kannst, wenn Du gut bist, zu absoluter Ausgeglichenheit, hervorragender Gesundheit und einem Weltverständnis gelangen...“

Max probiert von dem Gruß aus der Küche und meint: „Ich möchte gern Dein Schüler werden. Ich möchte auch gerne ausgeglichen werden und Weltverständnis erfahren.“ Kim schmunzelt und ist sich nicht ganz sicher, ob Max sie auf den Arm nehmen will: „Ernsthaft? Das geht aber nicht von heute auf morgen. Ich meine, man lernt es nicht wie eine Sprache. Ich glaube sogar, dass manche Menschen sich dem überhaupt nicht öffnen können.“ „Und Du denkst ich bin so einer?“ „Ich weiß nicht, schöner schüchterner Mann...“ Sagt Kim und sieht Max prüfend an. „Max schießt kurz der Gedanke in den Kopf, Kim vom nächtlichen Besuch von Faceless zu erzählen, verdrängt ihn aber schnell wieder, weil er befürchtet, Kim könnte ihn für einen Spinner halten. Stattdessen versucht er anders Kim davon zu überzeugen mit ihm die Meditation zu üben. „Ich litt lange Zeit an Schlafstörungen, die scheine ich nun wieder im Griff zu haben. Aber ich will dass es so bleibt, ich möchte mehr über mein Innerstes erfahren, über Bewusstsein und so...“ Geschwind und beinahe geräuschlos, wendet sich eine Bedienung an die beiden und fragt freundlich, ob man schon etwas ausgewählt habe. Beide bestellen, nehmen dazu die Karten zur Hilfe und bemühen sich die Gerichte beim thailändischen Namen zu nennen. Max vergewissert sich immer wieder bei der Bedienung, ob er es richtig ausgesprochen hat. Die Bedienung muss kichern, spricht aber immer wieder geduldig vor.

Nach einiger Zeit, Kim und Max waren im Gespräch vertieft, kommen gleich 2 Bedienungen mit zwei Tabletts voller Schalen und Tontöpfen. „Uiii, das richt aber gut“, sagt Kim. „Nicht ablenken", entgegnet Max, mit einem leichten Grinsen. „Nein, wir können das versuchen mit der Meditation sagt Kim." „Also, wann ist unsere erste Meditationsstunde?" „Übermorgen muss ich erst nachmittags arbeiten. Ich könnte vorher zu Dir kommen." „Abgemacht." Entgegnet Max zufrieden, als hätte er einen kleinen Sieg errungen. Beide unterhielten sich weiter über klassische Musik, tauschten kleine Portionen ihres Essens, zum Probieren für den anderen. Am Ende eines langen, sehr unterhaltsamen Abends orderte Max die Rechnung. Vor der Tür des Restaurants umarmen sich beide. „Ich bin froh dass es Dich gibt", bekennt Max. „Vielleicht wirst Du Deine Meinung ändern, wenn ich in Zukunft Deine Meditations-Meisterin sein werde?" Max konterte: „Meisterin, möchtest Du mit zu mir kommen?" „Wow... jetzt drehst Du aber auf! Sehr gerne... hast Du eine Zahnbürste für mich da?" „Bestimmt."

Nach einem sehr unterhaltsamen, nächtlichem Heimweg, sind sie an Max' Adresse angekommen. „Für die einen das Zuhause – für die anderen der Arbeitsplatz...", scherzt Max. „Jetzt ziehe ich DEIN ZUHAUSE auf jeden Fall vor", antwortet Kim. Im Treppenhaus küssen sich beide leidenschaftlich. Nachdem sich ihre Gesichter wieder trennen, schauen sich beide noch eine Weile in die Augen. Kim zischt leise durch die Zähne: „Für ne Treppenhausnummer ist es mir momentan noch zu kalt." „Und wie sieht's aus mit ner Nummer im schönen, weichen, warmen Bett?" „Daaaaa.... würde ich vielleicht nicht nein sagen." Kaum sind beide in der Wohnung, reißen sie sich die Kleidung von ihren Körpern. Max ist fasziniert von Kims perfekten, schlanken aber dennoch weiblichen Formen. Er presst sie auf den Küchentisch und hebt ihre Unterschenkel auf seine Schultern. Sie fühlt sein Glied auf ihrem Unterleib als er sie zärtlich küsst. Seine rechte Hand wandert an die Stelle wo die Sonne niemals hin scheint. Sie ist heiß und feucht, es macht Max rasend, er dringt in sie ein und stößt sie hart. Kims Brüste beben im Takt seiner festen Stöße. Kims aufgestaute Lust kommt wie eine warme, pulsierende Flut über sie. Sie merkt kaum wie aus ihrem Stöhnen ein Jauchzen wird. Ihre Fingernägel graben sich in Max' Rücken, was er in seiner Extase nicht wirklich mitbekommt. Er sieht ihre harten Brustwarzen, darüber ihr Gesicht mit geschlossenen Augen, die schwarzen langen Wimpern und einen Mund der nun anfängt zu schreien, ihre Haut bäumt sich zu einer Gänsehaut auf. Max spürt wie sich sein Höhepunkt nähert. Nach dem ersten Akt, grinsen sich beide einen Moment lang an. Max Herz schlägt bis in den Hals, doch seine Lust, ist noch nicht befriedigt. Er zieht Kim hoch und sagt ihr, dass sie sich umdrehen soll. Sie legt sich mit dem Bauch auf den Tisch, während ihre Beine ausgebreitet vor Max stehen. Nass und rosa offenbart sie sich Max. Kims Hände umklammern fest die Tischplatte. Auf ihrem Rücken spürt sie Max Atem, der ihr verrät, dass er wieder in Fahrt kommt. Provozierend flüstert sie ihm: „Los fick mich!" Das Klatschen ihrer beiden vor Sehnsucht ausgehungerten Körpern ist noch eine ganze Weile in der Küche zu hören bevor beide liebestrunken in Richtung Bett huschen.

In dem Moment, als Max' Bewusstsein den Rand des Schlafzustandes streift, denkt er sich, dass er vielleicht erst jetzt die Frau seines Leben gefunden hat, die Frau, die er über alles liebt, überhaupt hatte er noch nie so geliebt. Er umarmt sie fest und er...

Max stand auf einer weitläufigen Wiese zwischen zwei identischen, grauen Wohnblocks, deren hunderte Fenster schwarz und verlassen wirkten. Aus der Ferne klangen Hörner, wie Nebelhör-

ner nur blecherner. Er sah in einiger Entfernung auf der Wiese einen schwarz gekleideten Mann mit einem großen Hut. Der Mann war von Schafen eingekreist. Max versuchte den Schäfer besser zu erkennen. Sah er ihn an oder von ihm weg? Er erkannte für einen Augenblick, dass der geheimnisvolle Schäfer wohl mit einem Fernglas in seine Richtung sah und nun das Fernglas herunternahm. Warum beobachtet er mich, dachte Max. Er konnte das Gesicht des Schäfers nicht erkennen – er war noch zu weit weg, irgendwie kam diese Gestalt ihm unheimlich vor, die Schafe bewegten sich nun schneller im Kreis um den Schäfer. Die ganze Szenerie kam immer schneller auf Max zu, beinahe wie eine Windhose. Plötzlich erkannte Max, wer der Schäfer war. Es war Faceless, der wieder über die Gedanken mit Max kommunizierte. „Fürchte Dich nicht.“ „Sie sind Schäfer?“ „Ich bin Schäfer, ich bin Bote, ich bin das was die Regeln verlangen… genaugenommen bin ich so etwas wie ein Schiedsrichter.“ „Warum treffen wir uns ständig? Mal im Club, mal bei mir zu hause und jetzt hier, an diesem seltsamen Ort?“ „Denke einmal nach – warst Du nicht schon einmal an diesem seltsamen Ort, wie Du sagst?“ Max sieht sich um…. und ja er ist hier aufgewachsen, nur zu der Zeit spielten auf dem Rasen Kinder und in den Fenstern waren Gardienen, Vorhänge, Lampen oder Vogelkäfige zu sehen. „Ihr Menschen sprecht von einem Déjà vu. Doch Déjà vus sind in Wahrheit nichts anderes als die Erinnerungen an Orte und Begebenheiten, die ihr in der jetzigen oder einer der anderen Welten schon erlebt habt. Vieles wiederholt sich im Multiversum.“ „Wenn alles echt ist was ich träume, warum erscheint mir dann das Leben, in dem ich arbeitsloser Banker bin, am realistischsten?“ „Weil ein Dasein immer dominanter ist, als die anderen. Das menschliche Hirn wäre sonst überfordert.“ „Aha. Und wie kann ich ein Dasein gegen ein anderes tauschen, ich meine ein anderes zu dem realistischen Dasein machen?“ „Das solltest Du nicht tun, denn dazu müsstest

Du in Deinem... nennen wir es, ersten Dasein sterben." „Interessant. Da macht der Glaube der religiösen Menschen, die an ein Leben nach dem Tode glauben, gleich einen ganz anderen Sinn..." „An vielen Glaubensrichtungen ist etwas dran, die Menschen erzählen und schreiben ihre Erlebnisse nieder, sie werden weiter erzählt, weiter überliefert, weiter verändert, durch Übersetzungsfehler oder absichtlicher Manipulation, aber letztendlich wohnt in vielen Überlieferungen religiöser Schriften dieses berühmte Quäntchen Wahrheit." „Demnach wird man also nach dem Tod in einer der anderen Welten neu geboren?" „So ist es. Du beginnst ganz von vorne und kannst Dich an nichts aus dem anderen Dasein erinnern, außer wie gesagt, Du hast Déjà Vus. In seltenen Fällen wurde auch schon auf die Neugeburt verzichtet. Dann ist es allerdings sehr viel schwerer für die Person mit der neuen Welt und wie man dort hingelangt ist, zurecht zu kommen." Die Schafe begannen wieder lebhafter um Faceless herum zu laufen, wurden schneller und schneller, begleitet von einem Rauschen wie von einem tief fliegenden Flugzeug. Max schauet kurz in den Himmel. Er spürte etwas Warmes in seinem Nacken.

Max öffnet seine Augen und schaut über die weiße Bettdecke an die Wand. In seinem Nacken spürt er den warmen Atem und zarte Küsse von Kim. Er dreht sich über seine Schulter zu Ihr. „Na, bist Du wach schöner Mann, mit den Augenbrauen von Tom Cruise?" Sie lacht dabei. „Es ist schön, dass Du das Erste bist was ich sehe." Sie sehen sich einander eine Weile an. „Es war sehr schön... gestern Abend. Am liebsten würde ich Dich heute gar nicht hier raus lassen." „Ich würde auch gerne hier bleiben, aber die Pflicht ruft. Noch haben wir ja ein bisschen Zeit zusammen." „Wann musst Du unten im Restaurant sein?" „Um Zehn. Wir öffnen erst um Zwölf, aber ich muss noch einige Sachen besorgen." „Na, dann mache ich mal das Frühstück..." „Erst möchte ich Dich noch einmal spüren..."

Ein Mann faltete seine Zeitung zusammen und verstaute sie in dem Flugzeugsitz vor sich. Dann wendete er sich an seinen Sitznachbarn, einen Piloten. „Sie fliegen wohl ‚Stand by'?" „Ja genau." Aus den Lautsprechern meldete sich mit Fluggeräuschen aus dem Cockpit eine männliche Stimme: „Liebe Fluggäste, mein Name ist Carsten Bergmann, ich bin der Pilot auf Ihrem Flug von Hong Kong nach Singapur. Wir haben nun die Reiseflughöhe von 38.000 Fuß erreicht..." Eine Flugbegleiterin kommt am Platz des ‚stand by' fliegenden Piloten vorbei. Der sprach sie an: „Entschuldigung, darf ich Carsten gleich mal hallo sagen? Wir haben uns schon ne ganze Weile nicht gesehen." „Wenn ich wieder vorne bin, frage ich ihn. Es wird aber noch eine Weile dauern. „Kein Problem, ich steige nicht aus." Gab der Pilot zurück und zwinkerte der Stewardess mit seinen stahlblauen Augen zu.

Circa 2 Stunden später stand der Pilot auf und lief langsam aber zielstrebig in Richtung Cockpit. Hinter einem Vorhang unterhielten sich zwei Stewardessen darüber, was sie in Singapur alles machen werden. Der Pilot trat zu ihnen und zeigte ihnen eine kleine Glasampulle, in der sich eine klare, harmlos wirkende Flüssigkeit befand. In einem ruhigen Ton sprach er zu ihnen: „In dieser Ampulle befindet sich ein überaus potentes Nervengift, das innerhalb weniger Minuten alle hier an Bord ersticken lassen wird, wenn sie mir nicht unverzüglich den Kapitän hier raus holen! Zeit zum handeln Ladies, aber keine Tricks, ich beobachte sie genauestens und ich meine es todernst!" „Über Bordtelefon sagte eine der Flugbegleiterinnen im Cockpit bescheid, dass Carsten Bergmann, der Flugkapitän aus dem Cockpit kommen sollte, ein Kollege würde mit ihm sprechen wollen. Der Kapitän übergab an den ersten Offizier mit den Worten: „Der Kollege hatte vorhin schon nach mir gefragt. Ich geh mal kurz hinter, you have control." Er schließt die Cockpit -Tür hinter sich und schaut um die Ecke, wo er den vermeidlichen Kollegen erblickte. Er erkannte ihn nicht, und wurde sofort von seinem Gegenüber angesprochen: „Kollege, ich muss Sie davon in Kenntnis setzen, dass ich hier eine absolut tödliche Ampulle Sarin in meiner Hand halte..." Der Kapitän schaute auf die linke Hand mit der Ampulle als der falsche Pilot ihm mit der Rechten einen gezielten, festen Handrückenschlag auf den seitlichen Hals versetzte. Der Flugkapitän klappte in sich zusammen wie eine Marionette, die von ihrem Puppenspieler lustlos fallen gelassen wird. Der falsche Kapitän wandte sich an die Flugbegleiterinnen: „Kümmern sie sich um ihn!" Dann trat er vor die gepanzerte Cockpit-Tür, zog seine Pilotenmütze ins Gesicht und klingelte. Der erste Offizier schaute nicht richtig in den Monitor, der das Videobild der Person vor der Tür wiedergab, da er gerade über Funk mit der Flugsicherung sprach. Er nahm nur die Uniform eines Piloten wahr und wägte sich in Sicherheit, seinem Kollegen und Vorgesetzten die Tür zu öffnen. Kaum war der Eindringling in der Kabine wurde ihm schockartig der Irrtum bewusst. Ein kompromissloses Handgemenge, das in Fausthiebe überging nahm seinen Lauf. Der Eindringling schien eine Kampfausbildung genossen zu haben, denn er war im Schlagabtausch dem ersten Offizier weit überlegen. Blut spritz auf Instrumente und Sitze. In der Kabine bemerkte noch niemand, dass die Urlaubsreise, der Businesstrip, der Besuch der Familie und die Hochzeitsreise eine schicksalsartige Wendung nehmen würde.

Die Zeit vergeht und inzwischen zeigt der Kalender den Monat Mai. Oliver war zugegebener Maßen etwas eifersüchtig, weil Max sich seit einigen Wochen hauptsächlich um Kim kümmerte.

Das bemerkte Max und hat ihn heute zusammen mit Kim zum Essen eingeladen. Alle drei sitzen bei einem Italiener, der nicht durch opulentes Interior Design besticht, sondern durch die Qualität der Speisen, vor allem der selbstgemachten Nudeln. Sie sind in ausgelassener Stimmung und stoßen während des Essens auf allerhand Blödsinn an. Kim muss hin und wieder vor lauter Lachen die Servierte vor den Mund halten und sich konzentrieren, damit sie sich nicht verschluckt. „Ihr beide seid wirklich urkomisch, Ihr solltet als das Komiker-Duo OLLI & MAX auftreten!" „Keine soooo schlechte Idee", sagt Oliver. Max fügt hinzu: „Ich bin auf jeden Fall dabei." Die Situation beruhigt sich langsam wieder und alle genießen ihr Essen, da eröffnet Max wieder das Gespräch: „Olli, Du..." Oliver beginnt wieder zu schmunzeln, weil er schon wieder eine witzige Ansprache erahnt, wird dann aber doch ernst, weil er seinen Freund so gut kennt, dass er an Max' Gesicht ablesen kann, dass doch nichts Humorvolles kommt. „...Ich hoffe Du warst nicht all zu sauer, dass ich mich die letzte Zeit etwas rar gemacht habe. Ich habe noch nie eine Frau, vielleicht sogar noch nie einen Menschen so geliebt wie Kim..." Kim schaut Max an und ist gleichermaßen von Stolz und Rührung erfüllt.

Er nimmt ihre Hand und schaut Kim einen Moment lang an. „Und nicht nur das... ich habe auch das Gefühl, sie bringt mir Glück. Nächste Woche habe ich ein Jobinterview bei der Commerzbank." „Na endlich, mein Freund – es geht wieder aufwärts!" Das wusste auch Kim noch nicht, die die Augen vor Freude weit aufreißt und zu Oliver sagt: „So ein Geheimniskrämer, das hat er mir auch noch nicht gesagt!" Olli ist die ehrliche Freude anzusehen, er legt seine Hand auf Max' Unterarm und sagt: „Jetzt wird alles wieder gut, alles kommt in geregelte Bahnen." „Ja, irgendwie.... habe ich dieses Gefühl auch..." „Darauf einen Grappa", sagt Kim. Aber ihr Männer entschuldigt mich für einen Moment. Max schaut Kim verliebt an und fragt eher aus Spaß: „Soll ich mitkommen?" Kim verdreht die Augen und verschwindet in Richtung der Toiletten. Oliver nutzt den Moment, der Zweisamkeit: „Max, wie ist das eigentlich mit diesem Typ, der Dir nachts erschienen ist. Du weißt, der Gesichtslose." „Er ist noch da. Die letzten Male ist er mir immer in Träumen erschienen... nach seiner Theorie sind es ja keine Träume. Ich versuche soviel wie möglich über das Multiversum herauszubekommen – und irgendwie ist das alles schlüssig, was mir Faceless erzählt." „Hast Du Kim davon erzählt?" „Ich habe schon daran gedacht, aber ich habe das Gefühl, es ist vielleicht noch nicht der richtige Zeitpunkt." „Okay, Themawechsel, Kim ist wieder im Anmarsch." Oliver: „Dachte Du bringst' n Grappa mit?!" „Du den habe ich schon geordert, entgegnet Kim und fährt sich durch ihre langen schwarzen Haare. Und promt steht der Kellner am Tisch, der große Ähnlichkeit mit Eros Ramazotti hat und stellt 3 Grappa auf den Tisch. „Der geht auf die Hause, sagte der Cheffe..." macht er mit seinem charmanten italienischem Akzent klar. Die Runde bedankt sich herzlich bei ihm und später bei der Verabschiedung auch noch beim Restaurant-Chef. Oliver möchte Kim und Max noch auf einen „Absacker" überreden, doch beide geben vor sie sein müde. „Okay, okay, ich weiß Ihr habt bestimmt was besseres vor", entschuldigt sich Olli und grinst beide herzlich an. „Aber Max, demnächst wieder ein Herrenabend im Blofeld?" „Abgemacht, das machen wir auf jeden Fall." Als Olli sich bei beiden verabschiedet hat, fragt Max Kim: „Kommst Du noch mit zu mir?" „Nein." „Wie, nein?" „Du kommst mit zu mir, schöner, schüchterner Mann", sagt Kim. „Ich wohne eine Straße weiter." „Schön, dann lass uns zu Dir gehen, bin gespannt auf Deinen japanischen Palast..."

Kim wohnt in einem Neubau mit ungefähr 15 Parteien, das leitet Max von den Klingelschildern ab. Die Wohnung ist klein, aber stilvoll eingerichtet, klare Linien, wenig Möbel, die meisten modern, einige chinesische und japanische Antiquitäten haben auch ihren Platz gefunden. Über dem Sofa im Wohnzimmer hängt ein großes Foto eines japanischen Tempels, auf dessen Terrasse ein Japaner im Schneidersitz hockt und in einen üppig grünen Bambuswald schaut. Während Max sich so im Wohnzimmer umschaut hat Kim 2 Gläser Wein aus der Küche besorgt. Max: „Ujujui, wir werden heute Nacht Karussell fahren!" „Du das glaube ich nicht.... ich werde Dich gleich so fordern, dass Du alles wieder ausschwitzt." Sie küssen und liebkosten sich noch einige Zeit, heute nicht so wild wie sonst, denn beide waren müde und schliefen bald engumschlungen ein.

DER VERLUST

Max stand auf einem nächtlichen Hochhaus, eine leichte, lauwarme Briese umspielte seinen Körper. Sein Herz zog sich zusammen bei dem Gedanken, dass er Kim nicht mehr wieder sehen würde. Sie hatte sich nun schon 4 Tage nicht bei ihm gemeldet und war auch nicht erreichbar. Vielleicht würde er heute Abend herausfinden wo sie steckte und was mit ihr ist. Er breitete seine Arme aus und stieß sich von der Dachkante ab. Wie ein Vogel segelte er durch die nächtlichen Häuserschluchten, in denen die Fenster der Wohnungen und die Straßen unter ihm farbenfroh leuchteten. Im Flug war die nächtliche Luft viel kälter als auf dem Boden. Er landete auf einem Balkon. Im Wohnzimmer fand gerade ein Streit zwischen einem Paar statt. Der Mann hatte ein geschliffenes Whiskeyglas und eine Zigarette in der Hand und war meistens stumm, während sie wild gestikulierend auf ihn einredete. Unbemerkt vom streitenden Paar in der Wohnung stieg Max auf die Balkonbrüstung und flog weiter. Sein lautloser Flug führt ihn an einem sehr breiten und sehr hohen Wohngebäude vorbei. Viele tausende Fenster wirkten wie Lichter in unterschiedlichen Farben. Einige Vorhänge waren zugezogen und rot hinterleuchtet, andere waren goldschimmernd und leicht transparent, so dass man noch die Silhouetten der Menschen dahinter erkannte. Andere Fenster strahlten hellblau, hier liefen Fernsehgeräte. Einige TV-Geräte waren so groß, dass sie vollständig die Wand bedeckten und vor einigen dieser Geräten schliefen erschöpfte Menschen. In einem Fenster saß eine große Gruppe von Menschen, es waren ca. fünfzehn an der Zahl, an einem Tisch beim Essen. Sie hatten jede Menge Spaß, Wein und Bier wurde getrunken, ein südländisch wirkender Mann hielt sich den Bauch vor Lachen. Zwei Stockwerke darüber wurde eine alte Frau von einem Pflegeroboter mit Arznei versorgt. Er schob ihr fürsorglich das große Kissen hinter ihren Rücken, als wäre er ein mitfühlender Mensch. Drei Fenster weiter links schlief ein Mann mit einer Frau. Sie waren sehr vertraut miteinander. Vielleicht so groß wie Max' Liebe zu Kim. Max wurde nun langsam, während seines langen, nächtlichen Fluges kalt. Er entdeckte tief unten, in einer schmalen Häuserschlucht eine kleine verschnörkelte Brüstung einer Terrasse die zu einem alten Wohnhaus mit sechs Stockwerken gehörte. Die Terrasse war mit Pflanzenranken zu gewuchert und wirkte windstill. Hier würde er sich ein wenig aufwärmen können. Er hockte sich hinter die steinerne Brüstung der Terrasse, jetzt ohne den Flugwind war es ihm schon wesentlich wärmer. Er betrachtete gerade seinen schwarzen, neoprenartigen Anzug, als ihm ein stechender Schmerz in die Brust fuhr. Es war kein physikalischer Schmerz, sondern ein mentaler, der nur einen ganz klaren Grund hatte: er vermisste Kim und er hatte keinen blassen Schimmer wo sie steckte. Schon seit tagen suchte er sie schon überall – kein Hinweis, keine Nachricht, kein Lebenszeichen. Eine Träne schlich sich über seine Wange und bahnte sich ihren warmen Weg über sein Gesicht.

Max öffnet die Augen, Schwermut sitzt auf seiner Brust. Er schaut an die weiß gestrichene Decke, seine Augen sind nass. Zeitgleich realisiert er, dass er geträumt hatte oder zu Besuch in einer anderen, finsteren Welt war. Er schaut nach links und seine Schwermut löst sich mit einem Mal in Luft auf, denn neben ihm liegt sie, die eben noch vermisst war. Sie schaut Max schon eine ganze Weile an. „Du hast geweint als Du geschlafen hast. Hast Du etwas schlimmes geträumt?" „Ja, sogar etwas sehr schlimmes..." „Was denn?" „Du warst verschwunden und ich habe Dich überall gesucht, Du warst einfach unauffindbar." „Das hat Dir so wehgetan?" Kim richtet sich auf, umarmt Max und küsst ihn auf seine Stirn. „Du wirst mich nie vermissen müssen, hörst Du? Ich werde immer bei Dir sein, nichts und niemand wird das ändern." Beide sehen sich tief in die Augen. Max ergreift das Gefühl, Kim nun von der Möglichkeit zu erzählen, dass Träume auch Realität sind, die Realität einer anderen Welt. Er verwirft den Gedanken aber, als sich Kim aufsetzt und sagt: „Ich mach uns was zu frühstücken, dann muss ich arbeiten, wozu ich soviel Lust habe wie zum Schafe hüten." Max erinnert sich flashbackartig an Faceless, umringt von Schafen, lässt sich aber nichts anmerken und fragt stattdessen: „Wo war noch gleich das Bad?" „Ah, der junge Mann will sich frischmachen. Ich hole Dir ein Handtuch und zeige Dir das Bad, folge mir unauffällig."

Einige Tage vergehen, Max sieht Kim nun sehr oft, beide meditieren, gehen ins Kino oder kochen gemeinsam. Heute stand der Herrenabend mit Olli an und obwohl Max die Zeit mit Kim sehr genoss, freute er sich genauso darüber wieder einmal einen Abend mit seinem besten Freund zu verbringen. Wie beim Letzten Mal laufen die beiden zum Blofeld. Unterwegs bringt Oliver das Gespräch noch einmal auf „Faceless". „Das letzte Mal konnten wir ja nicht in Ruhe über diesen seltsamen Gesichtslosen reden. Bist Du denn in dieser Sache zu irgend einem Ergebnis gekommen?" „Was heißt Ergebnis. Der erscheint hin und wieder, gibt vor dass er in mein Leben getreten ist um mir zu helfen, spricht über Bewusstsein und Multiversum..." Olli unterbricht Max: „Moment, Moment... der spricht mit Dir obwohl er kein Gesicht und keinen Mund hat?!" „Ich weiß, es hört sich völlig ‚gaga' an, aber er macht das irgendwie telepathisch... es ist so eine Art Gedankenstimme." „Und Du meinst wirklich, dass Du Dir das nicht einbildest?" „Olli, wir kennen uns schon so lange... am Anfang dachte ich selbst es ist nur so eine Art Traum, aber..." „Aber es kann ja auch sein, dass Dein Unterbewusstsein Dir einen Streich spielt." „Klar, das könnte sein. Aber stell Dir einmal vor... ich meine, nehmen wir mal an es gibt das Multiversum in dem ganz viele Welten, Welten in Form von Realitäten parallel existieren, dann könnten sich unter anderem Glaubensrichtungen erklären, in denen man an ein Leben nach dem Tod glaubt, es könnte erklären wie es zu rätselhaften Erscheinungen von längst todgeglaubten Menschen kommt, zu immer gleichen Nahtoderlebnissen oder warum wir manchmal das Gefühl haben, schon einmal an einem Ort gewesen zu sein, ihn zu kennen, ohne dass wir jemals da waren..." „Hmm, das ist ein komplexes Thema.... sehr spannend, aber ich denke, das ganze könnte durchaus von Deinem Bewusstsein eingegeben werden, ich meine ich bin kein Hirnforscher..." „Ich auch nicht, vielleicht müsste ich mich mal mit einem austauschen." Vor dem Blofeld steht eine lange Schlange von

Menschen, die alle darauf warten hereingelassen zu werden. „Sieht voll aus," sagt Oliver. Max meint: „Ja, wenn wir zu lange anstehen müssen, könnten wir auch ins „Moloko" gehen." Insgeheim war er froh, dass Oliver das Thema wechselte und war sich auch nicht mehr so sicher, ob es richtig war, Olli überhaupt von „Faceless" zu erzählen.

Im Club wird wie immer elektronische Musik gespielt, es ist heiß und stickig. Auf der orangenen Vinylbank, die in fließenden Linien aus der Wand zu wachsen scheint und ein wenig wirkt, wie ein Relikt aus den 70er Jahren, sitzen Frauen und Männer, unterhalten sich bei Martinis und Gin Tonics. Die Tanzfläche ist schon so voll, dass die Leute dicht an dicht tanzen. Sofort hält Max Ausschau nach „Faceless" , von dem aber nichts zu sehen ist. Er denkt sich, es ist ja auch eine etwas naive Idee zu hoffen dass er da ist, nur weil er hier das erste Mal erschienen ist. Olli ist schon an der Bar und gibt 2 Mojitos in Auftrag, schaut kurz rüber zu Max und grinst. Neben Olli hat sich eine attraktive blonde Frau an der Bar angereiht, um zu warten bis sie mit ihrer Bestellung dran ist. Sie trägt eine weiße Bluse und eine helle, sehr körperbetonende Jeans. Wie sie so auf den Barkeeper wartet, trifft sich ihr Blick mit dem von Oliver, beide grinsen sich an und Olli sagt etwas zu ihr, was für Max auf die Distanz nicht zu verstehen war. Beide kommen aber sofort ins Gespräch. Max' Blick schweift hinüber zur tanzenden Menge auf der Tanzfläche. Vier sehr hübsche Frauen tanzen zusammen, alle tragen schicke Markenkleidung, sehr modebewusst und alle haben diese 90-Grad-Knickarm-Haltung, um beim Tanzen ihre Handtaschen mit sich zu führen. Er denkt sich, es sieht fast so aus, als würden sich die drei ihre Handtaschen gegenseitig präsentieren. Dahinter ein attraktiver Typ, der fröhlich ausgelassen tanzt, als habe er gerade erfahren, dass er in der Lotterie gewonnen hat.

Olli kommt mit den Mojitos und mit der attraktiven Blonden im Schlepptau an den Stehtisch zu Max. „Hier erstmal Dein Drink... und dann möchte ich Dir Yvonne vorstellen. Max stößt mit Yvonne an: „Hallo Yvonne, freut mich sehr ich bin Max." Oliver fügt hinzu: „Yvonne ist auch Stammgast hier... habe schon gesagt, dass es wirklich schade ist, dass wir sie nicht schon früher mal entdeckt haben." „Ja, das stimmt, ich bin auch immer mit meiner Freundin hier, die ist aber heute leider noch nicht aufgetaucht." Olli fragt sie, ob sie auch aus der Stadt sei, Max bekommt die Antwort aber nicht mit, weil der DJ in diesem Moment das Volume nach oben regelt, die Partygemeinde jubelt, es herrscht eine extatische Stimmung, so dass Max beschließt auch auf die Tanzfläche zu gehen. Die elektronischen Grooves sind so ansteckend, dass nun auch die Tanzfaulen vom Rand der Tanzfläche in Fahrt kommen. Max tanzt mit einer Frau so dicht, dass sich ihre Körper immer wieder berühren, sie lächelt ihn an und provoziert die Berührungen weiterhin. Max findet sie ausgesprochen attraktiv, spielt das Spiel mit, aber weiß dass er in Kim das „Megalos gezogen hat" und wegen dieses Dancefloor-Flirts sicher nicht fremdgehen würde. Der Dj grinst über beide Wangen, genießt sichtlich dass die Masse infiziert ist von seinem Sound. Durch das Stroboskoplicht gerät die ganze Szenerie scheinbar in Zeitlupe. Ein Typ tanzt beinahe manisch, hat die Außenwelt schon längst vergessen, wie ein Astronaut, den es in die weiten des Alls geschleudert hat. Ein Pärchen steht angewurzelt, wie ein Denkmal in mitten der bewegten Menge und küsst sich leidenschaftlich mit geschlossenen Augen. Max Tanzpartnerin bewegt ihren Hintern, gekonnt sexy, gesteuert von ihrer Wespentaille, eng an Max' Körper. Es ist heiß, die Nebelmaschine läuft auf Hochtouren, um den Moment so unwirklich wie möglich zu machen. Für einen Moment sieht man kaum noch die Hand vor Augen. Max' unbekannte Tanzpartnerin dreht sich ihm jetzt zu, schaut ihn tiefgründig an und legt ihre Arme um seinen Hals. Sie riecht verführerisch gut, wenn er es darauf anlegen würde, könnte er sie jetzt küssen, dachte er sich, doch genau das hat er nicht vor.

Olli unterhält sich sehr gut mit seiner neuen Bekanntschaft, die Blicke verraten, dass sich beide mehr als sympathisch sind und in einer Gesprächspause nutzt Olli den Moment Yvonne zu küssen. „Das ging aber schnell", denkt sich Max. Nach einigen Minuten lösen sich ihre Lippen zärtlich und Oliver gesteht Yvonne, dass er den Kuss atemberaubend fand. Yvonne grinst und offenbart dabei ihre spitzbübischen Grübchen. „Du, meine Freundin scheint nicht mehr zu kommen, wollen wir hier bleiben oder wo hingehen wo es etwas ruhiger ist?" „Wir können zu mir gehen, ich muss nur kurz Max bescheid sagen, dass er uns nachher nicht sucht." „Gut mach das, ich kämpfe mich in der Zwischenzeit einmal zur Toilette durch." „Okay, dann bis gleich.... und laufe nicht weg." Oliver bahnt sich den Weg zur Tanzfläche, bis er Max erblickt. Er winkt ihn zu sich und muss brüllen, obwohl sein Mund seitlich neben Max' Ohr ist: „Du, Max, ich wollte mit Yvonne mal die Location wechseln, wir werden wohl bei mir landen..." Max beginnt zu grinsen: „Freut mich für Dich. Ich wünsche Dir einen schönen Abend. Ich werde auch nicht mehr so lange machen." „Du rufst aber an, wenn Faceless wieder auftaucht, ja?" Max war sich nicht sicher, ob Olli es ihm „abkauft" mit Faceless oder nicht, dennoch nickte er kurz und fügte „mach ich" hinzu.

Oliver verschwindet nach und nach in der Menge der feierhungrigen Gesellschaft. Max bestellt sich noch ein Bier an der Bar und beobachtet die Tanzfläche, während er darauf wartet. Eine Gruppe Asiaten hat richtig Spaß, plötzlich drückt sich von hinten jemand an ihn. Es ist seine, schon nicht mehr ganz nüchterne Tanzflächenbekanntschaft. „Ich hab Dich schon vermisst", schreit sie Max ins Ohr.

Max bekommt sein Bier vor sich gestellt und gibt dem Barkeeper seine Verzehrkarte zum Lochen. „Möchtest Du was gegen den Durst? Du bist total geschwitzt," meint er zu seiner Gesprächspartnerin. „Ja, ich nehme auch ein Bier." „Bist Du Dir sicher, vielleicht nicht lieber etwas ohne Alkohol?" Sie zieht die Augenbrauen zusammen und entgegnet: „Nein, ich habe nicht viel getrunken, vielleicht war der Joint ein bisschen stark..." Dann beginnt sie zu kichern und steckt damit Max an. „Also gut, ne AfriCola." Max wendet sich an den Barkeeper und bestellt. Der Wirbelt die Flasche aus dem Kühlfach nach oben, öffnet sie und greift routiniert nach der Verzehrkarte, die Max ihm hinhält. „Wie heißt Du", fragt sie." „Ich bin Max." „Das ist wohl der kürzeste Name, den es gibt", antwortet sie. „Und Deiner, wie ist Dein Name?" „Danny, freut mich Dich kennen zu lernen." „Ganz meinerseits, aber vielleicht bist Du endtäuscht, wenn ich Dir sage, dass ich schon fast auf dem Heimweg bin." „Warum, fragst Du mich nicht gleich, ob ich mitkomme, Max? Ich mag es wenn Männer direkt sind." „Das wäre glaube ich keine gute Idee. Ich hab eine Freundin, musst Du wissen." Kurzes Schweigen. Sie nimmt einen Schluck aus ihrer Colaflasche. „Okay, okay, trotzdem hat es mir gefallen mit Dir zu tanzen." „Ja, mir auch Danny." Beide lächeln sich an.

Max kommt ziemlich müde zuhause an. Er bemerkt, dass Kim da ist. Sie macht das jetzt öfter, dass sie bei Max übernachtet, denn so hat sie morgens nur 2 Etagen zur Arbeit hinunter zu laufen und kann außerdem ein Maximum ihrer Zeit bei Max sein. Er zieht sich die Schuhe im Flur aus, um sich möglichst leise über die Holzdielen zu bewegen und schleicht durch den dunklen Flur ins Bad um sich die Zähne zu putzen. Dann steigt er zur schlafenden Kim unter die Decke ins Bett, schmiegt sich vorsichtig an sie.

Am nächsten Morgen klingelt der Wecker. Kim dreht sich stöhnend zum Wecker und versucht ihn mit geschlossenen Augen auszustellen, was nach einiger Zeit auch gelingt. Max fühlt sich etwas verkatert, kann sich aber trotzdem den Schmunzler über Kims schläfriges Verhalten, nicht verkneifen. Mit rauer Stimme sagt sie: „Guten morgen. Soll ich Dir auch Frühstück machen oder willst Du noch ein bisschen liegen bleiben?" „Ich bleibe noch etwas liegen, aber würdest Du mir ein Glas Wasser bringen?" Kim lächelt, das Lachen hört sich aber nur wie ein Ausatmen an. „Da hat einer ein bisschen tief ins Glas geschaut." Max bekommt nur ein müdes, aber bestätigendes „Hm-hm" heraus. Auf dem Weg zur Dusche bringt sie Max das Glas Wasser ans Bett.

Kim kommt in der Sushi-Bar ihres Vaters an, der schon wieder fleißig in der Küche den beiden Sushi-Meistern hilft. Ihr Vater lächelt ihr liebevoll zu. Kim drückt ihn kurz, wechselt einige kurze Worte auf Japanisch mit ihm und beginnt dann die Tische einzudecken. Ihr Vater kommt aus der Küche zu ihr und spricht leise zu ihr. „Ich habe es gestern nicht mehr geschafft die Tageseinnahmen zur Bank zu bringen, deshalb lasse ich Dich gleich noch einmal alleine und gehe zur Bank. Ich fühle mich nicht wohl, wenn ich zu viele Einnahmen hier im Laden herumliegen habe. " „Vater, lass nur. Ich mache die Tische noch ganz schnell fertig, dann gehe ich für Dich zur Bank." Kim wusste, dass ihr

Vater nur sehr ungern das Lokal verließ, wenn es geöffnet war. Er ist ein sehr pflichtbewusster Mann und darüberhinaus ist sein Lokal neben seiner Tochter das wichtigste in seinem Leben. Das Lokal half ihm damals über den frühen Tod seiner Frau hinweg und irgendwie scheint der Geist seiner Frau in dem gemeinsamen Geschäft weiter zu leben. Der Vater freut sich über seine Tochter, die immer so respektvoll zu ihm ist. Kim deckt weiter mit routinemäßigen Handgriffen die Tische ein, während sich ihr Vater um die Kasse und um die Küche kümmert. „Vater, ich wäre dann soweit zur Bank zu gehen." „Gut, hier ist das Geld drin, auf dem Zettel hier steht die Gesamtsumme." Ihr Vater ist immer sehr genau mit den Kassen-abrechnungen. „Geht klar" sagt Kim und steckt sich die Papiertüte mit dem Geld in ihre elegante Handtasche, zieht sie über die Schulter und verlässt die Bar im strammen Schritt.

Unterwegs genießt sie die Frühlingssonne, grüßt von Zeit zu Zeit Menschen, die Kunden der Sushi-Bar sind, schaut flüchtig in das ein oder andere Schaufenster der Modeläden, die auf dem Weg zur Bank liegen. Die Bäume tragen das erste zarte Grün und Vögel singen in ihrem Geäst. Sie schlägt den Weg in die Straße der Bank ein und betritt diese durch die schwere Drehtür mit Messingrahmen.

Heute sind nur wenig Kunden in der Schalterhalle, sodass Kim wieder schnell zurück in der Sushi-Bar sein würde. Doch wie es im Leben immer wieder so ist, kommt es ganz anders. Eine Maschinenpistolensalve zerreißt die kühle Ruhe in der Bank. Menschen schauen sich erschrocken um und erfassen blitzschnell mit ängstlichen Augen die Situation. Mehrere Männer in Uniformen eines Sicherheitsunternehmens und ausdruckslosen, weißen Masken vor dem Gesicht, laufen gleich einer Choreografie, zielstrebig auf die Schalter in der Halle zu. Wer im Weg steht wird mit einem Hieb oder einer Salve Kugeln aus der MP niedergestreckt. Kims Blick bleibt an einem Mann hängen, der noch zuckend in einer größer werdenden Pfütze seines Blutes liegt. Gerne hätte sie dem Mann geholfen, doch einer der Maskierten fixierte sie mit seinem Blick durch die fahle, ausdruckslose Maske, während er langsam seine Waffe auf sie richtet. Seine Kollegen lassen sich von den verschiedenen Kassierern das Geld in ihre mitgebrachten Koffer legen. Die Koffer sehen aus, wie die, die sonst von echten Geldboten benutzt werden. Der Maskierte am Eingang schaut, scheinbar relaxt hin und wieder auf seine Armbanduhr, während er die Lage vor der Bank checkt. Ein Bankangestellter am Schalter links neben Kim stottert mit erhobenen Händen, dass er nicht mehr Geld da habe, da der Tresor mit einem Zeitschloss gesichert sei. Er hat den Satz noch nicht ganz beendet, da zerreißen mehrere Kugeln aus der Maschinenpistole des Gegenübers seine Brust. Kim ist wie versteinert angesichts der Brutalität der Täter. Der Maskierte an der Eingangsdrehtür ruft: „Und Abgang!" Während alle Täter kühl und konzentriert die Koffer schließen und aufbrechen, bemerkt Kim, dass sie allem Anschein nach, die einzige Überlebende ist. Geschockt wie in Trance wendet sie ihren Blick seitlich auf den Täter, der eben die Waffe auf sie richtete, auch er dreht sich noch einmal zu ihr um, macht eine Kopfbewegung, die man als entschuldigend deuten könnte und schießt ihr mit einem gezielten Einzelschuss direkt ins Herz. Kim sackt zusammen, fällt zunächst auf die Knie und dann nach vorne. Für eine lange Sekunde spürte sie den erbarmungslosen, alles auslöschenden Schmerz. Der weiße Marmor des Schalterhallenbodens wird zu einem strahlenden Weiß, zu einem grellen Licht, in das sie sich hineinbewegt. Ihr wird eiskalt. Aus dem hellen Licht zeichnet sich langsam eine Stadtsilhouette im ungewöhnlichen Baustil ab. Sie wird immer deutlicher, wirkt glatt, sauber modern und sehr elegant unter dem strahlenden Sonnenlicht vom wolkenlosen Himmel. Ein Mann ohne Gesicht kommt Ihr entgegen und zieht freundlich seinen Hut zum Gruß, während er vorüber schreitet. Dann kommt Kims Mutter auf sie zugelaufen. Sie freut sich riesig ihre Tochter wieder zu sehen. Kim fragt ihre Mutter: „Bin ich nun tot?" Ihre Mutter drückt sie an sich und spricht mit ruhiger Stimme: „Du bist auf dem Weg, mein Kind, Du lebst."

DER SCHMERZ UND DIE RATLOSIGKEIT

Max, sitzt am Laptop und bereitet sich auf seinen Vorstellungstermin bei der Bank vor. Er will gut präpariert sein, denn vielleicht ist diese Bank sein neuer Arbeitgeber. Da irritiert ihn plötzlich ein Pfeifen, eigentlich mehr ein hoher Ton als ein Pfeifen, auf seinem rechten Ohr. Er streicht mehrmals mit den Fingern über sein Ohr und erinnert sich wage an den Aberglauben seiner Mutter, die in so einem Fall immer sagte, dass das ein Zeichen dafür sei, dass jemand anderes über einen spricht oder an einen denkt. Dann liest er weiter im Internet über die Commerzbank.

In der Ferne nimmt Max die Sirenen von Polizeiwagen oder Krankenwagen war, konzentriert arbeitet er die Webseite seines potenziellen Arbeitgebers durch. Nach einer ganzen Weile bemerkt Max, dass die Sirenen einfach nicht aufhören, ganz im Gegenteil, in der Stadt scheint etwas schlimmes passiert zu sein. Er richtet sich auf und hört genau hin, steht von seinem Platz auf und geht zum Küchenfenster, doch entdeckt nichts außergewöhnliches. Die Sirenen waren auch weiter weg. Er dachte an Kim. Ob sie wohl viel Stress hatte, da unten im Sushi-Lokal? Er denkt sich, „ich recherchiere das hier noch kurz zu Ende, dann setze ich mich kurz runter auf einen grünen Tee und einige Sashimi.“ Er freut sich und konzentriert sich wieder auf seine Recherche.

Eine dreiviertel Stunde später ist er fertig, schnappt sich seinen Schlüsselbund und geht durchs hölzerne Treppenhaus nach unten in die Sushi-Bar. Er nickt beim Betreten einer Bedienung zu und setzt sich an den Tisch, an den er sich immer setzt, wenn er frei ist. Ungewöhnlicher Weise bedient Kims Vater heute mit, der nun auch an Max herantritt. „Mein Herr, ich weiß dass Sie Kims Freund sind. Ich mache mir Sorgen. Kim ging für mich zur Bank. Sie ist schon über zwei Stunde weg und geht nicht an das Telefon – das passt nicht zu Ihr. Max' Gesicht versteinert schlagartig, sofort kommen ihm die Einsatz-fahrzeug-Sirenen in den Sinn. „Zu welcher Bank ist sie gegangen?“ „Zur Hypo auf der Hansastraße...“ Max springt sofort auf und verlässt eiligen Schrittes das Lokal. Kims Vater schaut ihm nach und ahnt, dass etwas Schlimmes geschehen sein könnte.¬¬

Um so näher Max der Hansastraße kommt, desto mehr Rettungswagen, Polizeiwagen und Schaulustige sieht er. Immer wieder versucht er Kim über sein Mobiltelefon zu erreichen. Vergebens es springt immer nur die Mailbox an. Wie ferngesteuert bahnt er sich hastig den Weg zum Eingang der Bank, doch weit kommt er nicht, denn er wird von mehreren Polizisten an einer Absperrung aufgehalten. „Was ist passiert?“ „Es gab einen Banküberfall,“ blafft ihn einer der Beamten mit sperrender Geste an. „Meine Freundin muss hier irgendwo sein." „Es tut mir leid, wir können niemanden durchlassen." Da wird Max' Blick abgelenkt. Einige Zinksärge, werden aus der Bank getragen. Ein Mann in Zivil kommt dazu und schaut Max an: „Sie vermissen jemanden?" „Ja, meine Freundin war in der Bank." „Dort hinten steht ein Polizeibus, da sitzt die Einsatzleitung. Am besten fragen Sie da nach dem Zuständigen für die Angehörigenbetreuung." Max bedankt sich und beginnt sich den Weg durch Schaulustige und Presse zu bahnen. Eine Frau mit Tränen in den Augen und verflossenem Makeup, ein abwesend wirkender Mann und einer der mit zitternden Händen versucht sein Mobiltelefon zu bedienen, kommt ihm entgegen. Ein junger Mann sitzt mit leerem Blick regungslos am Bordstein. Ein Polizist und eine Zivilistin sind am hinteren Ausgang des Busses in einem Gespräch.

Als Max sich ihnen nähert, spricht der Hauptkommissar ihn an: „Kann ich Ihnen helfen?" „Meine Freundin... sie war in der Bank..." Der Polizist fragt nach ihrem Namen. „Sie heißt Kim Takimoto." Der Hauptwachtmeister überfliegt eine Liste auf einem Klemmbrett. „Es tut mir leid... Frau Takimoto ist bei dem Überfall ums Leben gekommen. Es gab keine Überlebenden in der Schalterhalle..." Die Zivilistin umfasst sanft den Oberarm von Max und fragt ihn mitfühlend: „Fühlen Sie sich in der Lage Ihre Freundin zu identifizieren?" Max schaut die Frau kurz an und nickt dann einwilligend. „Ich bringe Sie zu einem Zelt, wo die Opfer identifiziert werden können. Würden Sie bitte mitkommen?"

Auf dem Weg zum Zelt, das in einer kleinen Seitenstraße direkt neben der Bank aufgestellt ist, stellt sich die Frau als Martina Schilling, Polizeiseelsorgerin vor. Sie versucht mit Max zu reden, doch er ist nicht in der Lage zu antworten. Max fühlt sich als wäre er Zuschauer in seinem eigenen Film. Frau Schilling erklärt, was Max im Zelt erwartet: „Sie werden den Leiter der Sonderkommission, Herrn Reichert kennenlernen und sie werden natürlich Frau Takimoto identifizieren müssen, wenn Sie sich jetzt schon dazu in der Lage fühlen. Das wird nicht einfach für Sie werden... aber die Identifizierung hilft uns natürlich sehr bei der Ermittlung. Max nimmt zwar alles war, doch ist er parallel bei dem Gedanken hängen geblieben, wie Kims Vater wohl reagieren wird, wenn er ihm die schreckliche Nachricht überbringen wird? Es wird wohl für den Vater, wie für ihn der blanke Horror werden.

Im weißen Zelt angekommen folgt Max der Seelsorgerin fast wie ferngesteuert, die auf eine Reihe Zinksärge und abgedeckte Baren zusteuert, beinahe kommt ihm der Weg wie der Weg zu seiner Hinrichtung vor. Schilling stellt Max den Leiter der Sonderkommission, Reichert vor. Ein Mann, groß hager, blass und müde wirkend, doch seine Augen scheinen fuchsartig, hellwach zu sein. Zu dritt begeben sie sich in Richtung einer Bare, auf der ein schwarzer Kunststoffsack mit Reißverschluss liegt. Max kannte solche Säcke bisher nur aus Filmen, nun denkt er sich, erlebt er das live und trotzdem wie im Film. Ein Mann in einem weißen Papier-Overall öffnet auf das Kopfnicken von Reichert hin, den Reißverschluss, damit Max einen Blick auf das Gesicht werfen kann. Es besteht kein Zweifel, sie ist es. „Ja, sie ist es." Bestätigt Max mit trockenem Mund. Ihr Anblick zerreißt ihm das Herz. Man hat ihr die Augen schon geschlossen, so dass sie einen friedlich, ruhenden Eindruck machte. Max beginnt stumm zu weinen. Frau Schilling stützt ihn am Ellbogen.

Max betritt die Sushi-Bar am Nachmittag, während die Sonne beinahe schadenfroh vom wolkenlosen Himmel strahlt. Kims

Vater bedient gerade einen Tisch an dem zwei Geschäftsleute sitzen. Er hat Max schon bemerkt, auch dass er Kims Tasche trägt, lässt sich aber nichts anmerken, während er die Gäste weiter umsorgt. Schließlich kommt er zu Max und leitet ihn dezent in die Küche. Max sucht kurz nach den richtigen Worten: „Herr Takimoto. Es... es gab einen Banküberfall. Kim ist dabei... sie ist erschossen worden." Dann übergibt er langsam Kims Tasche mit dem Geld, das sie einzahlen wollte, an ihren Vater. Der schaut fassungs- und regungslos nach unten. Max bemerkt wie eine Träne über die Wange des Vaters läuft. Ohne Schluchzen, ohne einen einzigen Ton. Der Mann, der sicher schon einiges in seinem Leben erlebt und erlitten hatte, steht einfach nur da wie hilflos versteinert. Nur die Träne auf seiner Wange bewegt sich langsam auf ihrem Weg zum Kinn.

Lange sitzt Max stumm in der Küche und starrt den Wasserhahn an, an dem ein Tropfen hängt, instinktiv erinnert sich Max an die Träne auf Herrn Takimotos Wange. Max fängt an zu schluchzen, greift das Glas, das auf dem Tisch steht und wirft es mit einem schmerzgetränkten, verzweifelten Schrei gegen die Wand und bricht schließlich in Tränen aus. Er benötigt eine ganze Weile, um sich wieder zu beruhigen und überlegt Oliver anzurufen. Er öffnet den Kühlschrank, greift eine Flasche Wodka und schenkt sich ein Glas ein, das er mit einer einzigen, ruckartigen Bewegung herunterkippt. Er wählt Olivers Nummer, die er auswendig kennt. „Ja, Hermanns?"
„Olli, es ist etwas ganz beschissenes passiert." „Max, Du hörst Dich ja schlimm an, was ist los?" „Kim ist... tot." „Was ist...?" „Sie wurde bei einem Banküberfall erschossen." Zunächst geschocktes Schweigen am anderen Telefon. „Scheiße Max, kann ich irgendwas für Dich tun? Soll ich vorbeikommen?" „Nein, nein

ich bin okay, aber ich kann es noch gar nicht fassen…" „Okay, Max, wenn Du irgendetwas brauchst meldest Du Dich, ja? Egal wann." „Danke, Olli… im Moment muss ich das glaube ich, erst einmal alles verarbeiten. Ich wollte nur, dass Du es weißt" „Klar, danke… soll ich nicht doch…" „Nein, Olli…. danke….." „Versuche etwas zu schlafen, Max. Ich melde mich morgen wieder bei Dir." „Ich werde es versuchen, Danke Dir." Max weiß nicht mehr, warum er Oliver angerufen hat, vielleicht weil er sein bester Freund ist, vielleicht um einfach zu wissen, dass er keinen Alptraum hat, dass es die Realität ist, was mit Kim passiert ist. Doch was ist die Realität, wenn Faceless recht hat? Laut seiner Philosophie ist alles real. Vielleicht wird Kim nun in einer der Parallelwelten neu geboren? Alles in Max' Kopf scheint sich zu drehen, er fühlt sich überhitzt und übermüdet und beschließt sich ein paar Stunden hinzulegen, auch wenn er keinen Schlaf finden sollte.

Draußen strahlt der Vollmond vom klaren Nachthimmel und wirft sein silbernes Licht auf Max. Draußen ist in der Ferne das Rauschen eines vorbeifahrenden Zuges zu hören, das durch den langanhaltenden, aber immer leiser werdenden Sound eines Mofas abgelöst wird. Max, der noch angezogen auf dem Bett liegt ist doch noch in einen tiefen Schlaf gefallen. Er ist irgendwo unterwegs zu einer anderen Welt, die er sich nicht aussuchen kann, in die er sich nur fallen lassen kann.

Der Sound des Mofas wurde zu einem langen Ton, der auf einer Geige gespielt wurde. Eine Frau in einem schwarzen Kleid stand mit dem Rücken zu Max, sie war schlank und hatte lange schwarze Haare. Als sie sich umdrehte erkannte Max, dass es Kim war. Sie sah tadellos, beinahe perfekt aus. Kim sah ihn an, aber sagte nichts. „Kim Du lebst?" Kim antwortete nicht und schaute ihn mit einem neutralen Blick an. Sie hielt Max eine schwarze, hochglänzende Matroschka-Puppe hin. Max verstand nicht. Sie öffnete sie, zum Vorschein kam eine etwas kleinere, weiße Matroschka, auch diese öffnete sie wieder und wieder kam eine noch kleinere, weiße Matroschka hervor...

Max wird wach. Was sollte das gerade bedeuten? Max setzt sich auf und langsam kehrt das Bewusstsein darüber zurück, was der gestrige Tag alles verändert und zerstört hat. Tiefe Trauer umklammert sein Herz und zieht ihn wieder auf das Bett.

Er schaut zur Decke, die von Zeit zu Zeit hell wird, durch die Scheinwerfer der Autos, die unten in der Straße vorbeifahren. Max fragt sich: „Warum kann Faceless nicht jetzt vorbei schauen". Jetzt wo er so viele Fragen hat, so viele Ratschläge braucht. Dabei hat sich sein Leben gerade wieder ins Positive gedreht und gestern war er noch der glücklichste Mensch der Welt.

Der Morgen schaut grau durchs Fenster. Max schleicht müde und desillusioniert ins Bad, streift sich auf dem Weg die Kleidung vom Körper und stellt sich erst einmal unter die Dusche. Das warme Wasser tut ihm gut. Mit geschlossenen Augen stützt er sich an der gekachelten Wand ab und genießt den wärmenden Wasserstrahl. Als er nach einiger Zeit aus der Dusche steigt, bemerkt er einige lange schwarze Haare im Waschbecken, Vorsichtig nimmt er sie aus dem Becken und betrachtet sie wie eine heilige Reliquie. Er erinnert sich in Flashbacks an die gemeinsamen erlebten Momente. Das Glück das sie zusammen hatten, zieht ihn jetzt runter, doch er kämpft, verdrängt die Gedanken und drückt Zahncreme auf seine Zahnbürste. Er stellt das

Radio im Bad an, wo gerade die 9-Uhr-Nachrichten dran sind. Auch von dem Bankraub mit Blutbad ist die Rede. Erste Spuren führen wohl zu einer organisierten Gangsterbande, die allem Anschein nach ins Ausland geflohen ist. Die Polizei ermittelt nun international. Max macht sich klar, dass er jetzt Routine walten lassen musste, damit er nicht in ein tiefes seelisches Loch fällt. Doch das wird sehr schwer werden.

Am Nachmittag treffen sich Max und Oliver in ihrem Stammkaffee. Max erzählt wie er von Kims Tot erfahren hat, wie er sie identifiziert hat und wie er Kims Vater über den Verlust seiner Tochter informieren musste. Olli ist sichtbar geschockt von den ganzen Erzählungen und bietet Max einmal mehr seine Hilfe an, wenn er sie brauchen sollte. „Mal was ganz anderes, auch wenn das im Anbetracht Deiner ganzen Situation vielleicht gerade nicht passend erscheint – hattest Du nicht auch bald ein Jobinterview? Max' Blick bleibt kurz an der weißen, dickwandigen Kaffeetasse hängen. „Stimmt, das ist übermorgen... ich habe mich noch nicht richtig darauf vorbereiten können, ich weiß nicht einmal mehr, ob ich dort hingehen soll..." „Versuche es Max, das ist jetzt natürlich der denkbar schlechteste Augenblick, aber Du musst auch nach vorn schauen. Es ist eine neue berufliche Chance für Dich, denn das Leben geht weiter und Du kannst geschehenes nicht ungeschehen machen." „Sicher, aber ehrlich gesagt ist mir das gerade egal... ich denke drüber nach, ielleicht verschiebe ich das Gespräch, gerade weil es eine Chance ist."

Der Tag des Vorstellungsgespräches kam, auch wenn Max ihn eine Woche verschieben konnte. Max fühlt sich so ein wenig, wie in alten Zeiten im weißen Hemd, dunkelblauen Anzug und perfekt gebundener hellblauer Krawatte, auf dem Weg zum

Jobinterview. Er meldet sich bei der attraktiven Empfangsdame, deren Wurzeln er in Indien einordnete, an. Sie bittet ihn freundlich noch einige Minuten im Wartebereich auf einem der Barcelona-Sessel Platz zu nehmen.

Am liebsten würde Max jetzt einschlafen, er hatte die letzten Nächte kein Auge zu getan. Der Schmerz des Verlustes quälte ihn Tag und Nacht und ließ kaum Platz für andere Gedanken. Immer wieder erschien ihm Kim und riss ihn aus dem hier und jetzt. Max denkt sich: „Dieses Gespräch wird ein Desaster, ich bin schon froh wenn ich nicht mitten im Interview einpenne." Plötzlich wird er von diesem Gedanken losgerissen. „Guten Tag Herr Rothspon, mein Name ist Schildknecht. Zunächst mein herzliches Beileid. Unser Team weiß es zu schätzen, dass Sie dennoch zum Gespräch erschienen sind. Ich möchte Sie gern zu Herrn Dr. Berger mitnehmen," Frau Schildknecht ist eine kühl, seriös wirkende Dame mit strenger Brille im maßgeschneiderten Hosenanzug. Sie besteigen den Aufzug und Frau Schildknecht hält einen Chip von ihrem Schlüsselbund an die Leiste mit dem Stockwerk-verzeichnis und drückt die 11. „Haben Sie uns gut gefunden?" Max antwortete sehr nüchtern: „Ja, Ihr Haus ist mir bekannt."

In der 11. Etage angekommen führt ihn Frau Schildknecht stöckelnden Schrittes in einen großen Besprechungsraum, von dem man einen sehr guten Ausblick über die Stadt hat. „Nehmen Sie doch ruhig Platz Herr Rothspon, ich sage noch schnell Herrn Dr. Berger bescheid, dass Sie eingetroffen sind." Sie greift zum Hörer eines Telefons, das am Ende des großen, hochpolierten Tisches steht. Mit dezenter Stimme spricht Sie: „Herr Berger? Herr Rothspon ist jetzt da." Dann wendet Sie sich wieder Max zu und fragt ihn, ob sie ihm ein Wasser oder einen Kaffee anbieten dürfe. Max entscheidet sich für ein Glas Wasser, als kurz darauf Herr Dr. Berger die Tür öffnet und eintritt. „Guten Tag Herr Rothspon, mein Name ist Berger. Ich möchte Ihnen mein herzliches Beileid aussprechen, das ist jetzt sicherlich nicht einfach für Sie... Kommen Sie, setzen wir uns. Herr Rothspon, als erstes würde mich einmal interessieren, warum Sie sich bei uns als Geschäftskundenberater beworben haben? Das Bankhaus, bei dem Sie vorher waren, war ja doch schon eine ganze Nummer größer als unser Haus." „Das ist richtig Herr Berger, bloß wie Sie sicherlich aus den Medien erfahren haben, wird auch in großen Banken nicht immer angemessen gewirtschaftet. Dann müssen auch Leute gehen, die eigentlich nicht verantwortlich sind. In meinem Fall war das so und ich hoffe, dass in kleineren Bankhäusern anders gearbeitet wird. Ich denke, dass ich meine berufliche Erfahrung durchaus für Ihr Bankhaus nutzen könnte." Während sich Max mit seinem Gegenüber, ähnlich wie in einem Duell, ganz genau beobachten, Fragen und Antworten über den Tisch gehen, macht sich Frau Schildknecht Notizen.

Das Gespräch dauert rund eine Stunde. Als Max die Bank verlässt, zieht er sich erst einmal die Krawatte locker und besucht sein Stammkaffeehaus, das wie immer gut besucht ist. Er weiß nicht warum, aber er hat nicht das Gefühl, dass er zu einem zweiten, weiterführenden Gespräch eingeladen wird oder gar, dass man sich für ihn entscheiden wird. Irgendwie war ihm dieser Berger auch nicht besonders sympathisch, denkt er sich während er den Zucker in der Espressotasse verrührt. Doch was alles überdeckt, ist die Tatsache, dass Kims Tod ihn viel mehr beschäftigt als irgend ein Job. Er weiß genau, dass er wieder einen Job braucht, doch zum momentanen Zeitpunkt fühlt er sich noch nicht bereit dafür. Eine ganze Weile schaut er raus auf die vorbeilaufenden Menschen, die alle Ziele zu haben scheinen, nur er hängt irgendwie teilnahmslos zwischen den Welten, gefangen in einer Seifenblase vor der sein eigenes Leben abläuft als wäre es nur ein Film. „Zwischen den Welten" wiederholt seine innere Stimme. Da bekommt er eine Idee: wenn Faceless wirklich recht hat und das Multiversum existiert, in dem man in seinen Träumen von Welt zu Welt switchen kann, in das man wiedergeboren wird, wenn man stirbt, dann müsse er doch theoretisch auch in die Welt gelangen können, in der Kim jetzt lebt. Der Gedanke fesselt Max so sehr, dass er überhaupt nicht bemerkt wie die Zeit vergeht, bis eine freundliche Bedienung ihn anspricht, ob er noch einen Wunsch habe. Max wird aus seinen Gedankengängen gerissen und sagt verdattert: „Ähm, nein danke, zahlen bitte."

DAS PARADIES, TROST UND HOFFNUNG

Zuhause angekommen, hängt er sein Jackett auf und lässt sich der Länge nach aufs Sofa fallen. Seine Augenlieder werden schwer, er fühlt sich erschöpft und in seinem Kopf beginnt es wie in einem dichten Wald zu dämmern.

Max trat hinter einem Baum hervor und war sofort mit der Umgebung vertraut, er kannte den kleinen nierenförmigen, türkis schimmernden See und den kleinen Wasserfall auf dieser Lichtung im Regenwald. Hier hatte er die Fremde getroffen, Laguna hieß sie und sie zog ihn magisch an. Wahrscheinlich war sie auch an Bord der Maschine gewesen, mit der er ins Meer stürzte. Heute war Laguna nicht hier, ob die beiden wohl die einzigen Überlebenden der Notwasserung waren? Max sah sich um, nur dichte, grüne Vegetation, in allen hellen und dunklen Schattierungen. Es wurde viel kommuniziert zwischen Insekten und zwischen Vögeln, die auf dem ersten Blick nicht zu erkennen waren. Erst als Max den dichten Regenwald auf sich wirken ließ, gaben sie sich nach und nach zu erkennen. Sie saßen mit wachen Augen im dichten Blattwerk, gut geschützt, obwohl sie von beeindruckender Farbigkeit waren. Max betrat die Lichtung, legte seine Kleidung ab und genoss das frische Wasser. Er lässt sich auf ihm treiben. Das beruhigende Rauschen des kleinen Wasserfalls, brachte Ihn auf den Gedanken, dass er mal nach der Quelle schauen sollte. Der Gedanke war schon beruhigend, dass er wenigstens nicht verdursten müsse. Nur für das Essen müsste er eben noch sorgen... NUR... es kamen ihm Filmszenen in den Kopf, wo Schiffbrüchige daran verzweifeln Kokosnüsse zu öffnen oder Fische zu fangen. Dieser Gedanke stach ihn immer wieder, so dass er sich dazu entschloss das Sonnenbad im Wasser abzubrechen, sich anzuziehen und am Strand nach spitzen Metallteilen des Flugzeuges Ausschau zu halten, um sich Werkzeug und Jagdwaffen daraus zu bauen.

Als er den Strand ablief, fand er ein Teil des Flugzeugleitwerks, einige nicht zu zuordnende Plastikteile in Gelb und Orangerot, eine nicht aufgeblasene Schwimmweste und die Klappe einer Gepäckablage. Die Sonne stand inzwischen hoch und es wurde unerträglich heiß. Max beschloss aus der Sonne zu gehen und am schattigen Rand des Strandes unter den Palmen weiter zu suchen, schließlich wuchsen die an manchen Stellen sehr nah am Rand des Wassers – Dank der Klimaerwärmung und des daraus resultierenden steigenden Wasserpegels. In einiger Entfernung lag etwas im Schatten. Irgendein größeres Teil unterhalb eines Palmenstamms. Max beschleunigte seinen Schritt.

Als er näher kam wurde er von Schritt zu Schritt sicherer, dass es sich um einen menschlichen Körper handelte. Der Leichnam lag auf dem Bauch. Er trug ein kurzärmeliges Pilotenhemd, von dessen Schulterklappen, der vierstreifige Dienstgrad des Flugkapitäns abzulesen war. Max drehte den leblosen Körper auf den Rücken. Ein Auge des Toten war geschlossen und die darunterliegende Gesichtshälfte geschwollen, dunkelverfärbt und mit zwei tiefen Schnitten versehen. Das andere Auge war halb geöffnet und schaute leer in den blauen Himmel, um den Toten schwirrten hektisch kleine Fliegen. Max begann sich zu ekeln, da knackte es im dunklen Geäst des Regenwaldes. Sofort war Max abgelenkt und versuchte ausfindig zu machen wo das Knacken her kam. Er musste nicht lange rätseln, denn da war sie wieder, Laguna. „Hi, I missed you…" „Ja, ich Dich auch irgendwie", schoss es aus Max heraus. Er bemerkte zu spät, dass er nicht auf Englisch antwortete, aber Laguna sprach auf seiner Sprache weiter: „Ich habe schon 4 von ihnen beerdigt, nicht weit von hier auf einer Lichtung im Wald." Max blieb der Unterkiefer ein wenig offen stehen, er wusste selber nicht, ob es die mentale Stärke dieser Frau war oder ihr harmonisch, weicher Akzent, mit dem sie seine Sprache sprach. „Ich dachte mir, dort finden sie vielleicht mehr Ruhe als am Meer, wo sie gestorben sind." Max sammelte sich wieder. „Du sprichst sehr gut Deutsch…" „Ich hatte mich in der Schule schon immer für Sprachen interessiert. Komm, lass uns die Trage aus dem Lager holen, um ihn zu beerdigen." Lager, das hörte sich für Max fast so einladend wie zuhause an. Sie machten sich auf den Weg durch den Regenwald.

Als er so hinter Laguna her lief, die heute leider nicht nur mit einem Lendenschurz bekleidet war, sondern mit einem hellblauen Badeanzug, über den Sie eine lange, etwas zu große Khaki-Hose trug, staunte er über ihre Schaffenskraft und darüber, wie sie sich hier bereits nach so kurzer Zeit angepasst hat. Sie schien schon völlig in diese Welt integriert. „Wie lange bist Du schon hier auf der Insel?", fragte er. „Ich denke... so ungefähr drei Wochen, genau weiß ich es nicht. Ich habe irgendwie das Gefühl für die Zeit verloren. Am Anfang war so viel zu tun, um das Überleben zu sichern, dass ich vergaß die Tage zu zählen." „Drei Wochen" wiederholte Max leise. „Wie glaubst Du ist das Flugzeugunglück passiert. Ich kann mich an nichts mehr erinnern, auch nicht wo ich herkomme. Gerade meinen Namen weiß ich noch und einige Erinnerungsfetzen aus der Kindheit habe ich noch – wobei ich mir nicht sicher bin, ob die nur aus einem Traum stammen.... Laguna blieb stehen, drehte sich zu Max: „Ich weiß nur das ein Kampf unter der Crew stattfand. Einer der Piloten fuchtelte mit einer Ampulle in der Luft herum... und dann ging's los. Alles ging sehr schnell. Die Maschine begann zu trudeln, alles wackelte, die Sauerstoffmasken tanzten in der Luft über den Köpfen der panischen Passagiere. Jemand versuchte die Maschine noch abzufangen, aber ne Notwasserung auf offener See...?" „Naja, ich hatte mir auf jeden Fall sofort die Sauerstoffmaske übergezogen und dann kann ich mich nur noch an den Ohrenbetäubenden und zu gleich schmerzhaften Aufschlag erinnern." „Max blickt auf den Boden und sagt: „Seltsam... ich weiß gar nichts mehr."

Sie kamen an einen Felsen, von dem mit mehreren Ästen und Kunststoffteilen, die wohl vom Flugzeug stammten, eine Plane abgespannt war, auf der wiederum dicht an dicht Palmenzweige lagen, so dass ein schattenspendendes Vordach entstand.

Einige Netze hingen herum, die aussahen wie solche, mit denen im Frachtraum von Flugzeugen teilweise die Fracht fixiert wird. Sogar eine Feuerstelle war schon eingerichtet. Max staunte was diese Frau in drei Wochne alles geschaffen hatte. Sie sah zu ihm rüber und sagte: „Überlebenswille." Laguna zog neben der Überdachung ein orangenes Netz hervor, an dem links und rechts zwei *noch grüne Bambusstangen befestigt waren. „Damit tragen wir ihn zur Lichtung und begraben ihn, jetzt sind wir ja zu zweit. Vorher musste ich die Toten damit ziehen, das war höllisch anstrengend." Max fasste das Ende der noch zusammengefalteten Trage, die überraschend leicht war. Sie machten sich auf den Weg zurück zum toten Kapitän. „Glaubst Du, dass es noch mehr Insassen auf die Insel geschafft haben?" „Ich denke nicht, ich habe zwar noch nicht die ganze Insel gecheckt, aber so groß ist die auch nicht und drei Wochen sind eine lange Zeit, um sich bemerkbar zu machen."*

Als sie den Flugkapitän, eher schlecht als recht, in dem von Wurzeln durchzogenen Boden bestattet hatten, begann es zu dämmern. Max schlug vor in Zukunft die Toten zu verbrennen. Laguna schaute ihn einen Moment an: „Jaaaa... so wie es die Hindus tun. Du hast recht, das spart Zeit, Kraft, ist hygienisch und vielleicht sieht auch jemand den Rauch. Dass ich da nicht drauf gekommen bin?" „Wir benötigen halt nur Feuer", betont Max. „Du, da mache Dir keine Gedanken, ich habe viele brauchbare Sachen in angeschwemmten Gepäckstücken gefunden, unter anderem auch einige Feuerzeuge. Komm, wir müssen zurück ins Lager, es wird gleich dunkel." Max kam plötzlich ein Gedanke: „Stimmt, ich muss mir auch noch ein Bett bauen." „Erst machen wir einmal Feuer, dann essen wir was." In Max loderte so etwas wie ein Glücksgefühl auf, was ihn zu einem „Oder so!" hinreißen ließ, das er im Nachklang aber ziemlich albern fand. Im Lager angekommen war es bereits dunkel, Laguna öffnete gezielt einen Koffer, aus einer ganzen Koffermauer, bestehend aus bestimmt 20 Koffern. Sie entnahm ein Feuerzeug und entzündete das vorbereitete Reisig auf der Feuerstelle. Max schichtete langsam etwas größeres Gehölz darauf, dass neben dem Felsen mit Vordach gelagert war. „Ist das alles brauchbar in den Koffern?" Fragt Max.

„Ja, ich habe begonnen den Inhalt zu sortieren. In Alltagshelfer, Werkzeug, Kleidung und.... PROVIANT." Laguna kramte Kekse, Schokolade und ein paar Beutel Studentenfutter aus einem der Koffer hervor. Max staunt wortlos mit geöffnetem Mund. Laguna fügt hinzu: „Zum Jagen oder Fischen ist es nun schon zu dunkel." „Ich habe mich nicht beschwert," entgegnete Max. „Wie wär's mit einem warmen Bier dazu?" Laguna stellte zwei Bierdosen neben Max auf den Boden. Sie begannen zu essen und stießen mit dem ungekühlten Dosenbier an. „Auf eine gute Zeit, Max." „Auf Dich, ich bin froh, dass ich Dich hier getroffen habe."

Beide starrten in das Feuer und waren froh über die Gesellschaft des anderen. Nach einer weile rutschte Max näher an Laguna heran und legte seinen Arm um sie. Sein Daumen streichelte zärtlich ihren Oberarm. Sie lächelte ihn mit ihren großen, im Schein des Feuers, funkelnden Augen an. Aus dem Regenwalt dröhnte das dichte Gezirpe der Zikaden während am nächtlichen Himmel die Sterne dicht an dicht funkelten. Max überlegte wie er das Gespräch geschickt auf den Kuss, bei der letzten Begegnung lenken könnte, da lehnte sie ihren Kopf an seine Schulter. „Ich bin so verdammt müde und ich weiß nicht, ob es vor Erschöpfung ist oder dass ich jetzt das beruhigende Gefühl habe nichtmehr ganz allein zu sein", flüsterte sie, während sie die Augen schloss. Max streichelte über ihren Kopf und sprach leise: „Ich passe jetzt auf Dich auf. Wir werden es schaffen wieder von der Insel zu kommen." Laguna öffnete langsam ihre Augen und schaute nachdenklich in die Flammen des Lagerfeuers. „Ich werde gleich noch etwas Holz zusammensuchen, damit das Feuer über Nacht nicht ausgeht", schickte Max noch nach. „Glaubst Du es gibt hier Raubtiere?" „Weiß nicht, eigentlich ist die Insel zu klein dafür." Ein Schmunzeln rann über Lagunas Gesicht, ohne dass Max, an dessen Schulter ihr Kopf lag, es bemerkte. Nach einer ganzen

Weile des stillen Zusammensitzens, das nur von einem knacken des Lagerfeuers unterbrochen wurde sprach Max Laguna an: „Laguna... wie war der Kuss letztens für Dich?" „Der kam zur richtigen Zeit, den brauchte ich... das was danach kam brauchte ich genauso." Max kann sich nicht mehr erinnern was zwischen ihnen gelaufen war, hatten sie zusammen geschlafen? Das konnte er jetzt schlecht fragen, denn er wollte Laguna nicht beleidigen, also sagte er nur: „Ich fand's auch sehr heiß." „Es war fast animalisch... aber ich habe es genossen. Ich bin heute wirklich erschöpft." „Das ist doch kein Problem. Komm ich trage Dich rüber in Dein Nest." Max hob Laguna an und trug sie zur Schlafstelle unter dem Palmzweigdach am Felsen, dabei merkte er, dass auch ihm der Tag in den Knochen steckte.

Gleichmäßig rauschte das Meer am nächsten Morgen und der Himmel wusste noch nicht ob er sich Grau oder in Rosé präsentieren sollte. Die Luft roch nach feuchtem Sand, frischem Grün und verbranntem Holz. Er schaute neben sich, doch Laguna, war nicht da. Max wusste im ersten Moment nicht, ob er sich Sorgen machen sollte, doch nach einer Weile sagte er sich, so wie er diese Frau kennen gelernt hatte, kommt sie schon sehr gut allein zur recht. Wahrscheinlich erkundete sie schon wieder einen weiteren Teil der Insel, sammelt irgendwelche brauchbaren Dinge oder jagt etwas zu essen. Er dachte darüber nach was Laguna ihm gestern Abend gesagt hatte „...es war animalisch..." hmm, schade dass er sich nicht erinnern kann auch wenn es sich irgendwie nicht richtig anfühlte. Warum eigentlich, kann er sich weder an den Absturz, noch an den Sex mit dieser betörenden Frau erinnern? Gut, auf den Absturz kann er verzichten, denn das wichtigste war, das er überlebt hatte – doch an den Sex mit Laguna hätte er sich schon sehr gerne erinnert.

Für einen kurzen Moment wurde der Himmel in ein starkes Rosé gefärbt, dann erhob sich majestätisch und glühend die Sonne orangerot aus dem Meer. Max sah sich das Schauspiel genau an und war beeindruckt, welche wärmende Kraft die Sonne entwickelte, um so höher sie stieg. Plötzlich strich ihn jemand über den Kopf. Max erschrak. Als er sich umdrehte stand Laguna nass und splitternackt hinter ihm, in der rechten Hand ein Netz voller kleiner und mittelgroßer Fische. „Heute hungern wir nicht." Max war beim Anblick Lagunas, die ihn in diesem Moment etwas an die Jagdgöttin Diana erinnerte, sprachlos. Er versuchte sich nichts anmerken zu lassen und fragte. „Seit wann bist Du denn schon wach?" „Weiß nicht, es war noch fast dunkel... die Fische waren jedenfalls noch schläfrig. Ich bringe sie kurz weg. Max schaute ihr nach und dachte, „was für ein Körper." Das Meer war einladend ruhig und türkis. Max stieg aus der Hose und lief ins Wasser, zunächst testete er die Temperatur in dem er die Oberschenkel und Arme mit Wasser benetzte, dann ging er großen Schrittes weiter und tauchte schließlich, den Kopf voran, ganz ein. Es war ein Genuss, er ließ sich treiben und schaute in das helle Blau des Morgenhimmels, das ab und zu von einigen gelben Schmetterlingen verziert wurde. Nach einer ganzen Weile des Floatings richtete sich Max wieder auf und kämmte sich mit den Fingern das Salzwasser aus seinen Haaren. Etwas spiegelte ich auf der Wasseroberfläche – es war das Gesicht von Kim. Max durchfuhr ein Schmerz, schallend wie der Donner eines Gongs.

Er öffnet schlagartig die Augen und setzt sich auf. Um ihn herum kein Wasser sondern weißes Bettzeug. Er setzte sich auf und es ist ihm schlagartig bewusst, dass er auf keiner Insel ist, sondern in seiner Welt, in der das wichtigste fehlt. Seine Liebe, Kim. Er war heute Nacht im Paradies, und doch taucht auch dort Kim auf, als wollte sie ihn nicht loslassen. Vielleicht sollte er versuchen sich seine Träume vor zu programmieren, um so in Kims Welt zu kommen…

Max steht auf und schlurft noch etwas im Gedanken in die Küche, als er aufblickt durchzuckt ihn ein Schreck. Faceless steht im Gegenlicht am Küchenfenster. Über seine telepathischen Fähigkeiten spricht er zu Max. „Reisen in Parallelwelten geistig vor zu programmieren, das schaffen nur wenige Menschen." „Aber ist es nicht möglich, dass ich in Kims neue Welt reisen kann? Oder kann sie nicht zurück zu mir?" „Nein, sie kann nicht zurück. Von einer Welt gegangen geht man in eine andere, es gibt ja genügend… so ist der Lauf der Dinge." „Aber meine Welt hier erscheint mir sinnlos… ich muss zu Kim. Was muss ich tun, um in ihre Welt zu kommen?" „Sterben." „Phuuuuh… !" Max denkt einen Moment nach, sein Gedankenkarussell dreht sich in Bruchteilen von Sekunden um das Sterben, den Tod, um verschiedene Arten zu sterben, Giftcocktails, bis ihn Faceless unterbricht.

„Nein. Selbstmord wird Dich nicht an Dein Ziel bringen." „Aber was bringt mich an mein Ziel?" „Fester Glaube an Parallelwelten und das Du hier Dein bestes gibst, weiter machst, Dein Leben lebst und in Deinen Gedanken bei Kim bist… aber nicht im Schmerz, sondern in schönen Erinnerungen." „Hmmm, das fällt mir momentan noch sehr schwer." „Weil Du mir nicht vertraust, weil Du noch nicht hundertprozentig an die Existenz von Parallelwelten glaubst. Vertrau mir." „Wie geht es Kim in der neuen Welt?" „Ihr geht es gut." Max hätte gern mehr erfahren, doch als er aufschaut, ist Faceless verschwunden und hat eine seltsame Aura aus Trost und Hoffnung zurückgelassen. Noch lange steht Max in der Küche und denkt über das Gesagte nach. Er wägt alle Argumente ab und kommt zu dem Schluss, das er nichts zu verlieren hat, wenn er Faceless vertraut. Er fühlt sich ermutigt, spürt neue Energie und wittert seine Chance wieder mit Kim vereint zu sein. „Ich muss das schaffen", sagt er zu sich selbst und starrt auf die Stelle wo Faceless stand.

Ein grauer, regnerischer Tag. Max ist auf dem Weg durch den Hausflur, mit seinen knarrenden Holztreppen, nach unten zum Postkasten. Zieht die Zeitung aus dem Briefkastenschlitz um anschließend das blecherne Fach zu öffnen. Heute ist wieder nur Werbung im Kasten, wie viele Bäume wohl pro Tag für diesen Müll abgeholzt werden müssen? Welche Massen an Papier fallen wohl allein in seiner Stadt an und wer liest diese Reklamezettel überhaupt? Er wirft die Werbebriefe und Handzettel direkt in einen Papiereimer, der eigens dafür im Hausflur an den Postkästen steht. Dann schweift sein Blick hinüber zur Hinterausgangstür der Sushi-Bar von Kims Vater. Seit Wochen ist es still dahinter. Wie es wohl Kims Vater geht? Er muss versuchen seine Privatnummer heraus zu bekommen.

Max tritt seinen Aufstieg durch das hölzerne Treppenhaus an, manchmal nimmt er zwei knarzende Stufen auf einmal. Vor seiner Wohnungstür klingelt sein Mobiltelefon in der Hosentasche. „Rothspon." Am anderen Ende meldet sich Oliver. „Hallo Max, wie geht es Dir?" „Ach Du, den Umständen entsprechend." Sollen wir am Samstag mal einen Kaffee trinken gehen?" „Super Idee, ein bisschen Ablenkung tut mir sicherlich ganz gut." „Das dachte ich mir Max, deshalb melde ich mich." Max fällt vor der Wohnungstür der Schlüssel herunter. „Gut dann freue ich mich, bis dahin mein Freund." Max schließt die Wohnungstür auf und schaltet seinen Computer ein. Während dieser hochfährt, bereitet er sich einen Espresso, um anschließend seine E-Mails zu checken. Und siehe da, unter dem Mails war auch eine von der Commerzbank, bei der er das Vorstellungsgespräch hatte, das er schon fast verdrängt hatte. Man möchte ihn zu einem zweiten Termin sehen. Gut, dachte sich Max. Es geht weiter, ich werde mir diesen Job „angeln", daran glauben, dass es Parallelwelten gibt, werde mein bestes geben und irgendwann Kim wiedersehen.

DIE NORMALITÄT UND DIE NEUE WELT

Es ist ein frischer, aber sonniger Frühlingsmorgen, der Himmel strahlt in einem tiefen Blau, die Hausfassaden wirken warm und hell, Glasscheiben reflektieren das Licht in unförmigen Flecken auf die Straße. Max ist auf dem Weg, um Olli im Kaffeehaus zu treffen. Als er eintrifft, sitzt sein Freund schon da, fest in eine Zeitung vertieft. „Hallo Olli..." „Ah, hallo Max, schön Dich zu sehen". „Wie läuft`s mit Yvonne?" „Wir sind zusammen. Ich hätte nie gedacht, dass ich mal im Blofeld eine Frau kennen lerne, die zu mir passt." „Ich denke, das ‚Wo' spielt da keine Rolle." „Und wie geht es Dir denn, Du siehst gut aus!?" „Du kannst es sicher nicht mehr hören.... Faceless hat sich wieder einmal gezeigt, er hat mir Hoffnung gemacht, ja ich habe sogar ein bisschen das Gefühl, dass er mich mit positiver Energie aufgeladen hat." „Klasse! Ich hätte den Typ ja auch gerne einmal gesehen, obwohl sich Deine Beschreibung ja eher erschreckend angehört hat." „Für uns wirkt er vielleicht so, aber inzwischen habe ich eher das Gefühl, dass er mir weiterhelfen will, ich weiß auch nicht, aber ich vertraue ihm." Einen Moment sagt keiner von beiden etwas. Dann nimmt Max das Gespräch wieder auf: „Und dann habe ich kommende Woche das zweite Gespräch bei der Bank." „Klasse! Das heißt, da wird es nun langsam ernst." „Ja, es scheint so." „Du machst das schon Max. Du hattest in der letzten Zeit eine Menge Pech – schlimmer geht es ja kaum noch,

Du bist jetzt mal wieder dran Glück zu haben." „Hm, ich glaube nicht so richtig an Pech und Glück..." Da steht auf einmal die Bedienung vor den beiden und unterbricht kurz die Konversation. „Hallo. Na, was kann ich Euch beiden bringen?" Oliver bestellt einen Kaffee, Max einen Café Latte. „Naja Max, Du weißt was ich meine. Es tut Dir sicher noch sehr weh, Du vermisst sie sicher noch sehr?" „Es vergeht kein Tag, an dem ich sie nicht vermisse... trotzdem versuche ich nach vorne zu schauen, versuche positiv zu denken und hoffe sie eines Tages wieder zu treffen." Olli schaut nach unten, scheint nach Worten zu suchen. Als er sich gesammelt hat meint er zu Max: „Du meinst nach dem Tod?" „Jain. In einem anderen Leben." „Gut, aber Du hast ja noch einige Jährchen..." „Das stimmt, trotzdem glaube ich oder sagen wir es einmal so, ich habe das Gefühl, vielleicht auch nur die Hoffnung, dass Faceless etwas für mich arrangiert..." Max wartet einen Augenblick mit seinen Ausführungen, da die charmante Serviererin gerade die Kaffees bringt. Anschließend nimmt Oliver den Gesprächsfaden wieder auf: „Aber Du denkst nicht etwa an Suizid?!" „Nein. Würde sowieso nicht funktionieren, sagt Faceless." Oliver schaut ihn etwas verwirrt an. „Sagt er das?" „Ja, ich kann es nicht erzwingen in Kims Welt zu gelangen." „Max, sei mir nicht böse, aber ich finde das ganz schön spooky, was Du so über Faceless loslässt." „Das glaube ich, es ging mir an Deiner Stelle nicht anders. Ich für meinen Teil lasse mich jetzt auf Faceless und sein Multiversum ein – es gibt mir Hoffnung, auch wenn Du glaubst ich leide an Realitätsverlust." „Habe ich so nicht gesagt. Ich kenne Dich zu gut und zu lang, dass ich Dich für einen Spinner halten würde. Nur, die Vorstellung dass es so Wesen geben soll wie diesen Faceless, befremdet mich..." „Dann versetze Dich mal in meine Lage... aber wie gesagt, ich habe inzwischen das Gefühl, dass er mir helfen will." „Also, wenn es Dir hilft, dann ist das okay."

Der Tag vergeht, Wochen vergehen, inzwischen ist es Sommer, ein sehr heißer Sommer. Max arbeitet bei der Commerzbank. Man verlangt viel von ihm, doch er gibt sein Bestes und auch wenn die Arbeitstage oft sehr lang sind, denkt er trotzdem zwischendurch immer wieder an Kim, auch wenn Faceless schon lange keinen Kontakt mehr zu ihm aufgenommen hat. Alles scheint nun in ein routinemäßiges Fahrwasser zu kommen. Oliver genießt die Zeit mit Yvonne, hin und wieder nehmen die beiden ihn mit, in eine Theatervorstellung oder in ein Restaurant.

Endlich Mittagspause, Max freut sich auf ein kaltes Getränk und ein Nudelgericht beim Italiener. Auf dem Weg dorthin zieht er sich die Krawatte locker und krempelt sich die Hemdärmel nach oben. Die Stadt ist voller Menschen, einige sitzen im Schatten unter Bäumen, andere fahren im Auto, Musik dröhnt aus dem ein oder anderen Wagen und mischt sich mit Gehupe und dem metallenen Rasseln von vorbeifahrenden Straßenbahnen. Einige Leute sitzen am Springbrunnen, genießen die Mittagssonne und die feinen Wasserpartikel, die hin und wieder vom Wind zu ihnen herüber wehen. Max nimmt Platz unter einem Sonnenschirm des italienischen Restaurants und schaut in die Mittagskarte. Der Kellner, der herauskommt, kennt Max schon, weil er öfter seine Mittagspause hier verbringt. Sie wechseln ein paar Worte, dann bestellt Max eine Flasche kaltes Aqua Panna und die „M4" von der Mittagstischauswahl der Speisekarte.

Bis seine Bestellung kommt checkt Max die E-Mails, die in der Zwischenzeit schon wieder auf seinem Smartphone eingegangen sind. Max denkt sich: „Mann o Mann, als hätte ich diese Woche nicht schon genug auf'm Tisch." Während Max schon im Gedanken durchgeht, was er in welcher Reihenfolge bearbeitet, um möglichst effektiv seine Arbeit zu erledigen, kommt sein Essen. Er steckt sein Smartphone ein und beginnt während des Essens die Umgebung zu beobachten, die anderen Menschen die am Springbrunnen sitzen und sich unterhalten, in den Außenbereichen der Restaurants sitzen oder auf Bänken ihre Hälse Richtung Sonne recken, während sie in den Händen Coffee-To-Go-Pappbecher balancieren. Für die Zeit des Essens denkt Max an nichts, sondern lässt ganz einfach die sommerliche Szenerie der Stadt auf sich wirken.

Als er fertig ist, signalisiert er dem Ober kurz, dass er zahlen möchte. Dieser kommt gleich an seinen Tisch, fragt ob es geschmeckt habe und schaut auf den Bestell-Bon: „Dreizehneurofünfzig...“ lautet seine Abrechnung mit italienischem Akzent. „Fünfzehn“, erwidert Max und reicht ihm einen 20 Euro Schein. „Grazie und einen schöne Tag, mein Freund...“ „Den wünsche ich Dir auch, Roberto.“ Max steht vom Tisch auf und macht sich wieder auf den Weg ins Büro.

Nach kurzer Zeit vibriert sein Mobiltelefon – eine oder mehrere Nachrichten sind wohl eingegangen. Er greift während er weiterläuft in die Innentasche seines Jacketts und holt sein Mobiltelefon heraus, schaut allgemein auf die Nachrichten, um erst einmal anhand des Betreffs herauszufiltern, welche Nachrichten die wichtigsten sind... eine ist sehr wichtig, er verlangsamt seinen Gang, vernimmt plötzlich ein panisches Klingeln, einen dumpfen, schmerzhaften Schlag mit einem noch nie gefühlten, brennenden Schmerz, der sofort absolute Dunkelheit mit sich führt, auch die aufgeregten Stimmen, die Verkehrsgeräusche werden schnell leiser. Es absolut still und dunkel. Ganz hinten in der Dunkelheit ist ein kleines Licht zu sehen oder ist es nur Einbildung? Nein, da ist ein weißer Punkt ein Licht. Max bewegt sich darauf zu, er hört ein Summen oder ist es eher einen monotonen Chor aus Stimmen, die einen gleichmäßigen Ton erzeugen? Viele Menschen, neugierige, geschockte und sensationsgeile Menschen haben sich um die Straßenbahn versammelt, die soeben einen Max unter sich begraben hat.

Rettungskräfte und Polizei haben Mühe die Menschen zum Weitergehen zu animieren.

Das Licht wird nun schnell größer, es blendet fast schon ein wenig. Schließlich ist Max in der Helligkeit angekommen, die ihn eigentlich schon fast blendet. Aus dem Gegenlicht zeichnet sich schwach eine menschliche Silhouette ab, die auf ihn zugelaufen kommt. Sie schwärzt sich immer mehr und wird von Schritt zu Schritt deutlicher bis Max erkennt, dass es sich um Faceless handelt. Er ist ganz in Schwarz- und Indigo-Tönen gekleidet. Als Faceless vor Max angekommen ist, hebt er seinen Kopf, so dass sein Gesicht ohne Augen Mund und Nase sichtbar wird. Telepathisch richtet er das Wort an Max: „Vielleicht war es ein wenig plötzlich, doch nun hast Du Deine Welt verlassen und wirst bald eine neue Welt Deine nennen. Bald wirst Du nahezu rückstandslos Dein altes Leben, Deine alte Welt vergessen haben. Jetzt ruhe Dich erst einmal aus – Dein neues Leben wartet auf Dich..." Seine Stimme halt noch nach als er zügig im grellen Weiß des Lichts verschwindet. Max wollte noch vieles Fragen, hat aber auch schon wieder seine Fragen vergessen. Er fühlt sich bleiern, so schwer, dass es ihm unmöglich war Faceless zu folgen. Er schafft es kaum seine Augen offen zu halten und fällt schließlich in einen Ohnmacht ähnlichen Tiefschlaf.

„Hey, hey... aufwachen. Max, hilf mir, schnell! Wir müssen das

Feuer größer bekommen!" Max öffnet die Augen und sieht Laguna, die auf ihren Armen bündelweise Brennholz und Grünzeug trägt, sich vor der Feuerstelle auf die Knie in den morgenfeuchten Sand fallen lässt, um Alles ins Feuer zu werfen. Weißer Qualm und orangene Flammen steigen auf. „Dort am Horizont.... ein Schiff!" Max ist sofort hellwach und geht Laguna zur Hand, doch schon bald ist das Schiff am Horizont verschwunden. Max schaut noch lange auf den Horizont. Laguna umarmt seine Schulter und sagt gefasst und leise: „Es kommt ein anderes Schiff."

Einige Tage sind vergangen, Laguna und Max haben sich auf den Weg gemacht die Insel weiter zu erkunden. Ihr Plan ist es die Insel zu durchqueren um einen Eindruck vom Inselinneren zu erhalten, da sie sich meist in Strandnähe aufhielten. Zum anderen sind die beiden neugierig, wie es am Strand auf der anderen Seite aussieht.

Max läuft vorne weg und schlägt mit einem Holzprügel Gestrüpp und Pflanzenranken aus dem Weg. Laguna ist dicht hinter ihm und hält die Augen offen, um eventuell gefährliche Tiere auszumachen. Es ist brütend heiß, der Schweiß läuft in Strömen und Max sehnt sich die kleine, nierenförmige Lagune herbei, wo sie sich beide zum ersten Mal begegnet sind. Nach einem rund zweistündigen Marsch erreichen die beiden eine Lichtung. Hier sticht die Sonne extrem, einige bunte Vögel flattern aufgeschreckt davon. Laguna meint: „Wir sind in der Nähe des Meeres." Max dreht sich zu ihr um: „Ja, ich höre das Rauschen der Wellen." Laguna holt zwei Kokosnüsse aus ihrer Umhängetasche und hackt sie gekonnt mit einem Beil so auf, dass man aus ihnen trinken kann. Nach einem kurzen Moment der Rast, werfen beide ihre ausgetrunkenen Kokosnüsse in das dichte Grün der Farne. Laguna geht strammen Schrittes voran, als könne sie es nicht erwarten wieder das Meer zu sehen. Um so näher sie dem Strand kommen, um so angenehmer weht eine lauwarme, wohltuende Briese. Max entdeckt einige Krebse auf dem ungerührten Sand, nimmt seinen Rucksack ab und steckt einen Krebs nach dem anderen hinein, da die Tiere nur langsam die Flucht ergreifen. Laguna schmunzelt Max an, der nur meint: „Abendessen." Laguna sucht den Horizont ab, ob vielleicht wieder ein Schiff am Horizont zu sehen ist, doch das Meer liegt ruhig und in Abstufungen von Türkis bis Blau vor ihnen. Max schaut nach beiden Seiten den Strand entlang. In Richtung Westen macht der Strand eine ganz sanfte Kurve, an deren Ende sich einige dunkelbraune Felsen auftürmten. „Laguna, schau. Wir sollten mal dort hin laufen. Vielleicht können wir auf die Felsen klettern und uns von dort oben mal umschauen?" „Klar, aber ich muss mich jetzt erst einmal frisch machen." Kaum gesagt hat sie sich aller Kleidung entledigt und läuft geradewegs ins erfrischende, türkisfarbende Wasser. Max schaut ihr nach und bestaunt einmal mehr ihren perfekten Körper. Nachdem Laguna zunächst abgetaucht war, springt sie nun im Wasser auf und ab wie ein kleines Mädchen und ruft freudestrahlend: „Los, komm rein! Es ist herrlich, die Felsen laufen uns nicht weg. Max knöpft sein Hemd auf, streift die Hose herunter und stürmt ebenfalls ins Wasser.

Beide tollen eine Weile herum und genießen das kühlende Element in der heißen Mittagssonne. Als Max sich das Salzwasser aus den Augenwischt, bemerkt er dass Laguna dicht bei ihm steht. Ihre Augen blicken tief in seine Pupillen, dann auf seinen Mund, um kurz darauf wieder tief in seinem Blick zu landen. Sie kommt nah an Max heran und neigt ihren Kopf um Max' Lippen mit ihren zu erreichen. Sie küsst ihn erst mit geschlossenem Mund, dann erobert ihre Zunge wild und ungezügelt Max' Mund. Er spürt ihren warmen Körper an seinem, ihre Arme, die seinen Rücken hochwandern und ihre Hände, die an seinem Genick hinauf zum Kopf gleiten. Max fühlt sich im Nirgendwo, geht völlig im Kuss und der Umarmung der bildschönen Amazone auf. Nur das Rauschen der türkisblauen See dringt in seine Gehörgänge. Wie ferngesteuert laufen beide Hand in Hand an den seicht ansteigenden Strand, um sich auf dem nassen Sand zu lieben.

Als Max die Augen öffnet, liegt Laguna auf den Ellbogen gestützt neben ihm und schaut ihn an. „Du warst eingeschlafen…" „Und Du hast mich dabei beobachtet, statt mich zu wecken?" Laguna grinst, „ich war auch kurz weg…" Max schaut Laguna eine Weile an, während ihre Hand in Richtung seines Schrittes wandert… Max muss schmunzeln und hätte sicherlich auch noch einmal Lust gehabt mit ihr zu schlafen, doch der Wille, auf die Felsen am Ende des Strandes zu steigen, um einen Überblick über die Insel zu erhalten war größer. „Laguna, wir können es nachher noch bis zur Erschöpfung machen, lass uns erst einmal auf den Felsen steigen." „Aber vielleicht, will ich gar nicht hier weg?" „Komm, vielleicht entdecken wir was…" „Ist schon gut Du Entdecker, ich komme ja mit." Beide ziehen sich ihre Kleidung über, die durch den Sand noch etwas auf der salzigen Haut reibt, dennoch ist es ihnen bewusst, dass die Kleidung auch ein Sonnenschutz ist. Laguna greift Max' Hand und sie gehen kichernd in Richtung des Felsens.

Dunkelbraun, fast schwarz ragt am Ende des Strandes der Fels empor. Unten vom Wasser aufgeraut, scharfkantig, Wohnraum von tausenden kleiner schwarzer Muscheln und Schalentieren. Nach oben hin glatter. Ganz oben haben sich in Fugen und

Ritzen sogar einige hellgrün schimmernde Pflanzen angesiedelt. Max hilft Laguna beim Aufstieg. Es ist Nachmittag, doch die Sonne sticht immer noch unerbärmlich, als beide durchgeschwitzt oben auf dem Felsen ankommen. „Man hat einen guten Ausblick von hier oben" meint Laguna, während sie mit Ihren grüngelblichen Augen in die Ferne über das Meer starrt. Max schaut ebenfalls zum Horizont, der zaghaft, irgendwie unsichtbar in den Himmel übergeht. Weit und breit nichts. Kein Schiff, keine Bohrinsel, dessen Förderturm Rettung verheißen würde. Anders als in Lagunas Blick, schimmert bei ihm Endtäuschung mit. Laguna bemerkt es und ergreift wortlos seine Hand, während beide in die Ferne schauen. Nach einer Weile sagt Laguna leise: „Zumindest haben wir uns... und eigentlich leben wir in einem Paradies. Wir haben Süßwasser, haben Nahrung, Palmen, Sonne, all das was die Menschen in den Zivilisationen nicht haben. Und außerdem haben wir uns." Max dreht sich zu ihr. Beeindruckend diese Frau, denkt er sich. „Du hast recht und irgendwie auch nicht." Antwortet er. „Irgendetwas macht mich Ruhelos, irgendwie denke ich, das hier ist nicht der Rest meines Lebens, nicht meine Bestimmung." Laguna stellt sich vor ihn, umgreift seine Hüfte. „Wir sind hier frei, können vögeln wann immer wir wollen, brauchen kein Geld... wir haben alles was wir brauchen." Max schmunzelt. „Vögeln, gute Idee..." Er öffnet ihr Oberteil.

Nachdem sie sich geliebt haben, der Himmel noch nicht weiß, ob er in Gelb oder Violett erscheinen soll, erwischt Laguna Max dabei, wie er wieder auf den Horizont starrt. „Wir sollten überlegen, wie wir hier oben ein Feuer machen können, das lange brennt ohne, dass wir ständig Holz nachlegen müssen", schlägt Max vor. Laguna, die sich gerade wieder anzieht, meint: „Lass uns im Lager schauen, ob wir nicht Dinge in den Koffern finden, die längere Zeit brennen – aber jetzt lass uns losgehen, bevor die Dunkelheit anbricht, wir haben noch einen längeren Weg vor uns". „Du hast Recht, ich hätte die Zeit fast vergessen."

Als sie im Lager ankommen ist es bereits dunkel. Max macht sich sofort daran, trockene Palmwedel, Papier und Hölzer aufzuschichten, um sie anzuzünden. Der Mond strahlt so hell, dass die Umgebung in ein mystisches Blau gehüllt ist, die Sterne strahlen wie silberne Autobahnen vom Firmament. Laguna wühlt in diversen Koffern, wirft immer wieder verschiedenste Dinge, aus den Koffern auf einen Haufen.

„Soll ich Dir helfen?" fragt Max. „Schau, ich habe Sneakers und eine Menge Plastikspielzeug gefunden, das wird lange schmoren und das Feuer auf dem Fels lange am brennen halten", sagt Laguna. „Sehr gut, ich befürchte nur, dass das Feuer nicht großgenug sein wird, dass es aus der Ferne sichtbar sein wird." Laguna richtet sich auf und wirkt auf Max irgendwie heldenhaft, wie sie da steht in ihrem weißen Tank Top und der schwarzen Cargo Shorts, beschienen vom gleißend bläulichen Licht des Mondes. Sie argumentiert zurück: „Versuchen müssen wir es, wir müssen einfach alles versuchen." Max' Blick konnte die Bewunderung für diese Frau nicht verbergen. Die Flammen beginnen aus der Feuerstelle zu lodern. Beide schauen noch eine ganze Zeit lang, eng nebeneinander sitzend, wortlos ins Feuer, bevor sie sich entscheiden schlafen zu gehen.

Am nächsten Morgen werden sie vom Rauschen des Regens auf den Palmenästen des Lagerdaches geweckt. Der Regen viel senkrecht wie ein kalter, grauer Vorhang. „Na das gibt wohl heute nichts mit dem Signalfeuer", meint Max endtäuscht. „Hmmm, in ein bis zwei Stunden kommt die Sonne wieder heraus." Entgegnet Laguna. „Wir kuscheln uns einfach solange aneinander", fährt sie fort. Max spürt ihren warmen Körper dicht an seinem. „Wir müssen aufpassen" bemerkt er. „Was meinst Du?" „Na, wenn Du unter diesen Umständen hier schwanger wirst..." Laguna grinst und dreht sich zu Max: „Du sollst mich nicht vögeln, ich habe nur den Vorschlag gemacht ein bisschen zu kuscheln, bis es aufhört zu regnen." Beide lachen. „Ich meine bloß generell", sagt Max. „Stell Dir eine Geburt unter diesen Umständen hier vor. Ohne Sterilität, ohne ärztliche Hilfe..." „Mach Dir mal keine Gedanken, ich habe das im Griff..." Max würde gerne weiter auf diesem Thema „herumreiten", aber er will den durchaus schönen Moment nicht verderben.

Nach einer Stunde wird der Himmel immer heller und es tröpfelt nur noch. „Lass uns gleich die Sachen Packen und in Richtung Felsen aufbrechen", sagt Max leise in Lagunas Ohr. Laguna dreht sich um und schlägt ihren Oberschenkel über Max' Hüfte und meint: „Vielleicht wäre es auch eine Gute Idee am Strand ein großes „HELP" mit Gegenständen in den Sand zu schreiben...?" „Ja, das ist eine gute Idee." Max schaut sie an und beginnt zu grinsen.

Beide machen sich schwer bepackt, mit allen möglichen brennbaren Materialien, die sie feinsäuberlich in Rucksäcke, Beutel und Taschen verstaut haben, auf den Weg zum Felsen, doch zu vor haben sie mit Palmwedeln und Textilien ein riesiges „HELP" auf dem Strand an ihrer Behausung ausgelegt und sorgfältig mit Steinen und Kokosnüssen beschwert. „Dieses Mal kommt mir der Weg wesentlich länger vor" sagt Laguna zu Max. „Stimmt, mir auch." Doch bald darauf, am Strand erkennen sie den Fels und beschleunigen ihren Gang. Vom Strand aus ist es nicht möglich auf den Felsen zu gelangen. Mit einem Stock schlägt Max Ranken und Äste zur Seite, die hin und wieder den Weg zur Rückseite des Felsens versperren. Das letzte Stück müssen beide ein wenig klettern. Auf dem Felsen angekommen schauen sie, wie beim letzten mal angestrengt auf den Horizont. Der Ozean liegt heute ruhig und schillernd in der Sonne. „Weit und breit nichts," bemerkt Laguna. „Wir müssen optimistisch bleiben, eines Tages wird man uns finden". Laguna schält sich aus dem Rucksack und lässt ihn neben sich auf den Boden fallen. „Lass uns anfangen das Feuer vorzubereiten." Max lässt ebenfalls den Rucksack zu Boden und stellt die Taschen ab. „Meinst Du nicht wir sollten noch warten bis es anfängt zu dämmern?" Laguna überlegt einen Moment. „Das Feuer sieht man besser in der Dunkelheit, das ist richtig, doch wir haben sehr viele Sachen dabei die lange verschmoren und qualmen. Den Qualm wird man besser bei Tageslicht sehen..." Max überlegt einen Moment, schaut über das ruhige Meer und wendet sich Laguna zu. „Du hast recht. Der andere Vorteil ist, dass wenn wir jetzt beginnen, wir es noch im Hellen zurück ins Lager schaffen." Beide machen sich daran die mitgebrachten, Schuhe, Textilen, Zeitschriften und Airline-Wolldecken zu schichten und zu entzünden. Dicht und schwarz steigt der Qualm auf, Plastik schlägt in der Hitze blasen, einige Materialien schmelzen blitzschnell zusammen, andere kokeln vor sich hin, doch die Rauchentwicklung ist enorm.

Als sie sich vom Felsen entfernen, schauen sie sich noch einmal um. Schwarzgrau zieht der Qualm hoch oben über sie hinweg, schwängern den blauen Himmel mit dem Geruch von schmorendem, brennendem Kunststoff. „Eigentlich Umweltverschmutzung", sagt Laguna. „Aber für einen guten Zweck", entgegnet Max und beobachtet die Rauchschwaden am Himmel.

„Ich glaube trotzdem, dass es nicht lange genug brennen wird..."

Zurück im Lager färbt sich der Himmel bereits in ein fahles Gelb, der Sonnenuntergang steht bevor und Max hat die leise Hoffnung, dass man sie dieses Mal finden wird, dass die Crew eines Schiffes oder die Piloten eines Flugzeugs auf sie aufmerksam würden. Laguna stellt sich dicht hinter Max, der über das Meer auf den Horizont sieht. Sie umarmt ihn und flüstert ihm ins Ohr: „Lust schwimmen zu gehen?" „Klar. Wer ist zuerst im Wasser?!" Beide laufen los und entledigen sich während des Wettlaufs ihrer Kleidung, laufen vorbei an dem riesigen „HELP" Schriftzug am breiten Strand, hinein ins türkis-blaue Wasser. Im Wasser tollen sie herum wie Kinder, sei es aus Freude vielleicht bald gerettet zu werden oder aus Freude daran einander zu haben.

Tage und Wochen vergehen ohne, dass irgend ein Schiff oder ein Flugzeug von der Insel aus zu sehen oder zu hören ist. Max wird von Tag zu Tag deprimierter und verlässt kaum noch das Lager, während sich Laguna um das Fischen, Kochen und um das Feuerholz kümmert. Immer öfter gibt es Spannungen zwischen den beiden.

„Max, lass Dich nicht so hängen, Du könntest ein Paar Kokosnüsse aus dem Wald holen. Ich mache die letzte Zeit alles allein..." „Ja, verdammt! Ist schon gut, ich gehe schon..." Wütend schnappt er sich den Rucksack und läuft hinein ins dunkle, dichte Grün. Zuerst läuft er strammen Schrittes, in einer Mischung aus Trotz und Zorn, dann werden seine Schritte langsamer, er beruhigt sich. Der Anblick der Lichtung mit dem Wasserfall, wo er das erste Mal Laguna begegnete machte etwas mit seinem aufgewühlten Inneren. Das helle, grüne Licht, das Plätschern des Wassers, einige gelb blühende Pflanzen. Max saugt den Moment mit allen Sinnen auf, doch etwas lenkt ihn plötzlich ab. Er hört genau hin. Zwischen dem Plätschern des Wasserfalles und den Vogelstimmen, war noch ganz wage etwas anderes, fremdes, zunächst kaum vernehmbares. War es ein in der Ferne hochtourig brummender Propeller?

Das Geräusch kam näher und wurde schnell deutlicher. Durch die grünen Baum- und Palmenwipfel suchte Max den blauen Himmel ab und tatsächlich, ein Flugzeug mit 2 riesigen Propellern an den Flügelenden rauscht am Himmel vorbei. Max schaut ihm mit geöffnetem Mund nach und beginnt ihm dann nachzulaufen so schnell ihn seine Füße durch den dichten Tropenwald tragen. Am Lager rast er vorbei und Schreit: „Ein Flugzeug!" Rennt weiter zum Strand und sieht dem Fluggerät nach. Gerade will sich Enttäuschung in seinem Gesicht breit machen, da legt sich das Flugzeug in eine steile Linkskurve und kehrt nun etwas langsamer zur Insel zurück. „Laguna, sie haben es gelesen, sie haben HELP gelesen!" Laguna sieht das Flugzeug, wie es tief mit rot aufblinkenden Positionsleuchten und riesigen, in den Flügeln integrierten Rotoren, eine enge Kurve tief über dem Meer zieht und den Strand ansteuert. Sand und Laub wirbeln auf und Max schaut empor als würde Gott persönlich landen. In einem Frontfenster sieht man ein Gesicht eines Piloten mit Sonnenbrille. Langsam drückt sich das stelzenartige Fahrgestell von oben in den feuchten Sand. Sofort werden die Rotoren ruhiger und wirbeln weniger die Umgebung auf.

Nach einigen Minuten steigen Pilot und Copilot aus, Max strahlt über das ganze Gesicht als er den beiden die Hände schüttelt, Laguna wirkt eher ernst und distanziert. „Wir rechneten nicht damit, dass die Katastrophe von jemanden überlebt wurde, schon gar nicht mehr jetzt, nach Monaten..." sagte der Pilot.

„Es gibt Dinge, die kann man nicht erklären... wir haben das Beste daraus gemacht, trotzdem schön dass Sie da sind. Mein Name ist Max, das ist Laguna...“ Sie reicht den beiden Piloten die Hand. Der eine der Piloten zieht seine Sonnenbrille ab und sagt: „Wollen Sie die Dinge zusammenpacken, die Sie mitnehmen möchten?“ Der andere fügt hinzu: „Dann können wir Sie möglichst schnell wieder in die Zivilisation bringen, wo Sie versorgt werden können.“ Max schaut Laguna an, die seinen Blick mit ernster Miene erwidert. „Was ist?“ fragt er. „Ich werde hier bleiben, Max.“ „Aber...“ „Ich habe mich an das Leben hier gewöhnt und habe schon vor einiger Zeit entschieden hier zu bleiben. Auf mich wartet niemand und ich habe hier alles was ich brauche.“ Max schaut sie wortlos an, als konnte er das jetzt nicht glauben. „Bist Du Dir da sicher – ich meine Du bist hier ganz alleine...“ „Ja. Ich will es so. Nun geh und packe Deine Sachen zusammen.“ Ein Pilot mischt sich ein: „Sind Sie sich da ganz sicher? Ich meine Sie haben Ihr Leben noch vor sich...“ Laguna schaut ihn schweigend an, um dann leise, aber bestimmt mit „ja, ich bin mir sicher“ zu antworten. Sie dreht sich um und läuft vom Flugzeug in Richtung Lager. Max schaut ihr verwundert nach. Der Pilot unterbricht den Moment der Sprachlosigkeit mit den Worten: „Wir machen jetzt den Check, Sie Packen Ihre Sachen, vielleicht überlegt sie es sich ja doch noch einmal.“ „Das glaube ich nicht“ entgegnet Max und macht sich auf ein paar Sachen zusammen zu suchen.

Max steht im Lager und erwischt sich dabei, überhaupt nicht zu wissen, was er einpacken soll. Da tritt Laguna aus dem Schatten des mit Palmenzweigen überdachten Lagers. Sie umarmt Max wortlos, eine weile stehen sie so da, als würden sie ohne Worte miteinander sprechen, sich verabschieden. Als sie sich wieder voneinander lösen, schaut sie Max an und sagt: „Das hier ist meine Welt, dennoch war es für mich sehr schön Dich kennengelernt zu haben." Dann wendet sie sich ab und verschwindet im dichten Grün hinter dem Lager. Max schaut ihr noch eine gefühlte Ewigkeit nach. Durch ein Pfeifgeräusch begleitet, beginnen sich die großen Rotoren des Fliegers langsam zu drehen. Max wendet sich dem Fluggerät zu und beginnt in Richtung der Maschine zu laufen, zunächst zögerlich, dann immer zielstrebiger. Er schaut sich noch einmal um, ob er da irgendwo Laguna noch einmal sieht. Einer der Piloten wartet schon am Einstieg: „Wo sind Ihre Sachen?" „Ich habe keine", ruft Max gegen den Lärm der laufenden Rotoren ankämpfend.

Nachdem der Einstieg verschlossen wurde, hebt die Maschine beinahe senkrecht vom Boden ab, dreht sich um 180 Grad um die eigenen Achse, um dann immer mehr Geschwindigkeit Richtung des offenen Meeres aufzunehmen. Irgendwann geht das Flugzeug in eine Rechtskurve, so dass Max aus der Fensterluke noch einen Blick auf die Insel werfen kann, die dort winzig klein, wie ein Stückchen Moos in der unendlichen Weite des blauen Ozeans liegt, so klein, dass man es bei einem flüchtigen Blick, schnell übersehen könnte. Was Laguna dort unten wohl gerade macht, was wohl jetzt in ihr vorgeht? Max genießt die klimatisierte, trockene Luft an Bord, die irgendwie nach Zivilisation riecht. Einer der Piloten reicht ihm eine Flasche mit gekühltem Wasser. Während er trinkt flackert kurz der Gedanke in ihm auf, ob er nicht vielleicht einen Fehler gemacht hat, die Insel und Laguna zu verlassen...

Lange Zeit starrte er durch das Fenster nur auf Wasser, mal schien es dunkelblau dann wieder blaugrün, manchmal türkis. Doch irgendwann wird die Monotonie aufgehoben, denn jetzt überfliegen sie kuppelartige weiße Gebäude auf dem Wasser mit riesigen Fenstern und verglasten Öffnungen, einige sind sogar begrünt, andere haben Dachterrassen auf denen Menschen zu erkennen sind. An einigen Stellen kann man sehen, dass die Architektur bis tief unter Wasser reicht. Zwischen den Kuppelgebäuden herrscht reger Verkehr auf dem Wasser. Schnellboote, Solarsegler und katamaranartige Fähren kann Max beobachten. Von Minute zu Minute scheinen die Bauten auf dem Wasser dichter und auch größer zu werden, jetzt kann Max dunkle Granitfelsen sehen, dazwischen Strände und Boulevards. Selbst zwischen den Felsen hat sich weiß und dicht Architektur eingenistet – kein Zweifel, sie haben Festland erreicht. Max kann sich an nichts aus seiner Vergangenheit erinnern, aber so eine schöne, moderne und helle Megacity hatte er mit Sicherheit noch nicht gesehen. Er weiß nicht welches Festland das war, wo er war und wie sein richtiger Name ist. Laguna nannte ihn immer Max, das nahm er so hin. Seltsam, dachte er, dass er sie nie gefragt hat wie sie auf diesen Namen kam? Er hatte ihn einfach so angenommen, wie ein Haustier irgendwann auf einen Namen reagiert. Er weiß nicht wie es hier mit ihm weitergehen wird. Das Flugzeug setzte nach einer großzügigen Schleife, über den sonnenbeschienenen Hochhäusern, zur senkrechten Landung auf einer der Gebäude an. Einer der Piloten erklärt Max, dass er nun im besten Krankenhaus der Stadt erst einmal richtig durchgecheckt werden würde. Durch die Fensterluke erkennt Max einige Ärzte, die im Wind des landenden Flugzeuges auf ihn warteten. Die Maschine setzt schließlich auf. Max fragt den Piloten: „ In welcher Stadt sind wir eigentlich?" „Wir sind in Singapur." Nun dreht sich der Copilot auch zu Max um. Max schaut durch die Fensterluke auf die Architektur, die den Landeplatz in luftiger Höhe umgibt: „...und welches Datum haben wir heute?" Die beiden Piloten schauen sich kurz wortlos an, dann sagt der Copilot: „Heute ist der 26. Oktober 2051, willkommen in der Zivilisation."

NEUGIERDE NACH DEM FREMDEN

Eine riesige Nachrichtenredaktion im 18. Stockwerk eines Bürohochhauses. Menschen sitzen an Rechnern oder in Meeting-Räumen, die von Glasscheiben abgetrennt sind, laufen von einem zum anderen Arbeitsplatz oder stehen vor Aufzügen herum. Das geschäftige Treiben wirkt chaotisch, aber dennoch wie eine Choreografie. Eine junge asiatische Frau steht in der Kaffeeküche und bereitet sich einen grünen Tee zu, als ein schlacksiger Kollege dazukommt. „Hallo Eiko. Hast Du morgen schon was auf dem Plan?" „Ich bin an dieser Korruptionssache dran, komme da aber nicht so richtig weiter..." Der Kollege fällt ihr beinahe ins Wort, so hektisch ist er: „Komm doch morgen mit mir zu der Pressekonferenz des Überlebenden eines Flugzeugunglücks, der Monate lang auf einer Insel im Pazifik überlebt hat. Ist mal etwas anderes als ständig im Korruptionssumpf zu wühlen." „Oh, das wäre interessant. Ich hatte von dem Absturz auf dem Ozean gelesen, dass es wohl ein Handgemenge im Cockpit gab, das der Voice Recorder aufgezeichnet haben soll, aber dass diese Katastrophe von irgendjemanden überlebt worden ist, das grenzt an ein Wunder oder?" „Ja, dann lass uns morgen um 10 Uhr den ‚Wunderknaben' mal anschauen."

Am darauf folgenden Morgen, ist Eiko und Lee pünktlich zur Pressekonferenz in einem der besten Hotels der Stadt. Viele Pressevertreter, teilweise auch Fotografen und Kameraleute füllen bereits den Raum auf dessen Stirnseite ein langer Tisch mit 3 Mikrophonen aufgebaut ist. An einem steht der Name des Vertreters der Airline auf einem Tischschild, daneben ein Schild auf dem nur „Survivor" zu lesen ist und links außen eines mit dem Namen eines Arztes. Die 3 Männer betreten den Raum und schnell kehrt sich das allgemeine Gemurmel in neugierige Stille. Schnell richten sich die Kameras auf den braungebrannten Mann mit graumeliertem Haar in der Mitte des Tisches. Zunächst spricht der Abgesandte der Fluggesellschaft über das tragische, herbeigezwungene Flugzeugunglück. Er ist dabei sehr sachlich und fordert zum Ende seiner Rede zu einer Gedenkminute für die Opfer auf. Anschließen beginnen die Presseleute mit Fragen, die sie zunächst unaufgefordert und durcheinander in den Raum rufen bis der Airline-Vertreter, um Ruhe bittet. „Ich werde nun die Leute, die Fragen haben aufrufen. Stellen Sie sich bitte kurz vor, wenn ich Sie aufrufe und formulieren Sie dann Ihre Frage laut und deutlich. Wir haben nur eine begrenzte Zeit, deshalb bitte ich Sie alle um Disziplin". Dann deutet er mit ausgestrecktem Arm zu einem unrasierten Mann in einem zerknautschten, dunkelgrünen Anzug. „John Haugan, Daily Mirror. Wie darf ich Sie ansprechen, Sir? Auf Ihrem Schild steht nur „Überlebender". „Wenn ich das wüsste, ging es mir auch besser. Ich habe wohl durch den Absturz mein Gedächtnis verloren. Ich kann besser Deutsch als Englisch sprechen, deshalb gehe ich davon aus, dass ich aus Deutschland stamme." „Was ist das letzte an was Sie sich erinnern?" „Ich erinnere mich daran, dass ich auf der Insel, auf der ich strandete einen kleinen Wasserfall an einer kleinen Lagune entdeckte und eine Frau, die auch an Bord war, wie sich später herausstellte." „Wo ist die Frau jetzt?" „Sie wollte dort bleiben, weil Sie der Überzeugung ist, dort alles zu haben was sie braucht." Der Airline-Vertreter deutet nun auf eine Blondine in der ersten Reihe. „Melanie Köbes, DPA. Sie haben eine lange Zeit auf der Insel verbracht. Wie konnten Sie so lange überleben?" „Wir hatten jede Menge Gepäck und

Ausrüstung aus dem Flugzeug, das nach und nach angespült wurde. Außerdem gab es ein reichhaltiges Angebot an Fisch und Schalentieren aus dem Meer und nicht zu vergessen jede Menge Kokosnüsse." „Haben Sie etwas vom Angeln verstanden... oder..." „Nein Laguna, die andere Überlebende, konnte das. Sie hat es mir im Laufe der Zeit beigebracht, Zeit hatten wir ja im Überfluss, aber ich war ungeschickter darin." „Warum haben Sie die Frau, Laguna, wie Sie sagen zurückgelassen?" Max ist einen Moment sprachlos. Vor seinen Augen sieht er Szenen von Laguna, wie sie am Strand auf Ihn zu kommt um ihn zu küssen, ihre klaren, fast Gold schimmernden Augen. Dann ringt er sich eine Antwort ab. „Laguna... Laguna, sie wollte nicht mitkommen. Sie hatte darauf bestanden auf der Insel zu bleiben." Schnell deutet der Abgesandte der Fluggesellschaft auf eine andere Person mitten im Raum. „Eiko Sawada, Newsflash. Sie wirkten eben gerade ergriffen als es um diese Frau, die andere Überlebende ging. Wie haben Sie sich diese lange Zeit auf der Insel verstanden, welche Beziehung hatten Sie zu ihr?" „Anfänglich war ich froh, dass ich nicht allein dort war... aber dann, ich glaube ich war, ich hatte Gefühle für sie..." „Liebten Sie sie?" „Darauf möchte ich zu diesem Zeitpunkt nichts sagen." Eiko schaute Max noch eine ganze Weile an ohne den Fragen der anderen Pressevertreter zu folgen. Ihr Kollege Lee bemerkte das. „Was ist, bist Du verknallt?" Stammelnd versucht Eiko sich zu erklären: „Ich... ich meine... ich meine wir sollten, den Mann versuchen noch einmal allein zu interviewen." Sie wendet dabei nicht ein einziges Mal den Blick vom Rednertisch ab. „Komm, komm mit nach vorn", sagt Eiko zu Lee, der ihr versucht mit ihren beiden Taschen durch die Ansammlung der Pressevertreter zu folgen. Als die beiden in vorderster Reihe ankommen, machen die drei Redner gerade Anstalten den Tisch zu verlassen. Eiko spricht den „Überlebenden" in der Aufbruchsstimmung voller Hektik an. „Hören Sie, ich hätte gerne ein Exklusivinterview mit Ihnen, hier ist meine Karte... Bitte, bitte melden Sie sich, wenn der Trubel ein wenig nachgelassen hat und Sie wieder ein wenig zu sich gefunden haben..." Max schaute sich noch einmal zu der Pressevertreterin vom Newsflash um, sah die Hektik und den Willen in ihren mandelförmigen, dunklen Augen und Ergriff aus einer Mischung aus Mitleid und Neugierde die Visitenkarte der Frau, ohne darauf zu schauen. Ihr Kollege, der jetzt neben ihr, wie ein Assistent angekommen ist, sagt etwas außer Atem: „Eiko, würdest Du bitte Deine Tasche wieder selber tragen? Ich bin doch nicht Dein Packesel!" „Oh, entschuldige bitte, die hätte ich jetzt fast vergessen." „Hast Du ihn noch einmal ansprechen können?" „Ja, er hat meine Karte." „Der meldet sich sowieso nicht mehr, aber wir werden das Beste aus unseren Aufzeichnungen machen. Dann mal an die Arbeit."

6 Wochen sind vergangen. 6 Wochen voller ärztlicher Untersuchungen, neurologischer Tests und psychologischer Befragungen. Max kommt sich inzwischen vor wie ein Versuchsobjekt, manchmal auch wie das Geschöpf eines Dr. Frankensteins. Man konnte ihm sein Gedächtnis nicht zurückholen und auch kein bisschen für Klarheit sorgen, wer er eigentlich war. Die Behörden gaben ihm mit seinem Zutun eine neue Identität. In seinem neuen Leben war er nun Benjamin Smith. Er hatte bei seiner Namensfindung durchaus mit Humor entschieden. Sein Vorname wählte er wegen des „B", als Zeichen für seine zweite Identität, den Nachnamen, als englische Entsprechung des typisch deutschen Namens „Schmidt", denn er war sich auf Grund seiner Sprachkenntnisse sicher, dass er aus Deutschland

stammte. Nun war er also schon einmal wieder jemand. Jemand der einen Namen hatte, der sich in der Gesellschaft mit Benjamin Smith vorstellen konnte.

Eines Nachmittags kommt Benjamin von der Agentur für Einwohnerwesen mit dem Schwebetaxi an dem Anleger vor seinem Apartment an. Er fragt sich, wann er seine Odyssee bezüglich irgendwelcher Papiere, Beglaubigungen, Gutachten, Ausweise etc. endlich hinter sich hat, damit er sich um eine Arbeit und um ein geregeltes Leben kümmern kann. Auf der Armlehne eines Ledersofas, das am Fenster des 38. Stockwerkes stand, mit einer herrlichen Aussicht über die gelblich, von der Sonne beschienenen Stadt, hängt noch eine Hose, die er längere Zeit nicht getragen hatte. Er hebt sie an und streicht sie glatt, um sie über einen Bügel in einen der weißen Wandschränke zu hängen, da bemerkt er wie eine Visitenkarte aus einer der Hosentaschen lautlos auf den Teppich fällt. Er hebt sie auf und kann sich schlagartig an die asiatische Pressefrau von der Pressekonferenz im Four Seasons erinnern. Eiko Sawada, Newsflash, las er auf der Karte. Er erinnert sich daran, dass sie ihn nach einem Exklusivinterview fragte. Eine Möglichkeit etwas Geld zu verdienen, denkt er sich, aber zögert noch zu seinem Mobiltelefon zu greifen.

Der heutige Morgen ist sonnig, trotzdem scheint der Himmel milchig weiss, wie so oft in der Stadt. Wenn sich Eiko an ihre Kindheit auf dem Land erinnert, war der Himmel oft blau, manchmal blau mit weißen Wolken, aber nur selten milchig weiß. Noch etwas verschlafen betritt sie das Voyer der Redaktion des Newsflash, grüßt freundlich den Portier, der ihr immer nachsah, weil sie ihm sehr gefiel. Eiko Sawada trägt immer elegante Hosenanzüge oder Kleider, doch wirkt sie darin keineswegs konservativ. Sie hat volle, schwarze Augenbrauen, trägt meist eine große Acetatbrille und hat für eine Asiatin relativ volle Lippen. Auf ihrer Büroetage angekommen, ist das tägliche Gewusel der Kollegen schon in vollem Gange. Sie bemerkt schon von einiger Entfernung, dass das Telefon an ihrem Schreibtisch klingelt und erhöht ihre Laufgeschwindigkeit. Schnell greift sie den Hörer: „Sawada, Redaktion Newsflash?" „Hallo…. Smith, Benjamin Smith hier, der Überlebende vom Flugzeugunglück." „Hallo Herr Smith, ich kann mich erinnern. Sie haben einen Namen? Haben Sie Ihr Gedächtnis zurück?" „Nein, nein leider nicht. Es ist mein neuer Name. Ich wollte mich melden… vielleicht haben Sie ja Interesse an einem Exklusivinterview?" „Das habe ich Mr. Smith, das habe ich. Wann hätten Sie denn Zeit, dass wir mal zu den Formalitäten sprechen könnten?" „Vielleicht Morgen?" „Okay… morgen Nachmittag passt bei mir gut. Wir könnten einen Kaffee trinken gehen. Wollen, wir sagen, Kaffee Greenleave', im Fairground Haus um 15:00 Uhr?" „Ja, sehr gern. Ich werde da sein." Kaum aufgelegt, macht sich Eiko daran einen Vertrag aufzusetzen und das Interview vorzubereiten, als würde sie wissen, dass ihr eine große Story ins Haus steht. Ihr Kollege Lee, schaut an ihrem Arbeitsplatz vorbei. „Na, Lust auf einen Kaffee?" „Ja klar, Du wirst es kaum glauben wer mich gerade angerufen hat." „Erzähl!" „Der namenlose Überlebende vom Flugzeugunglück. Er heißt jetzt Smith." „Ja, und…?" „Morgen gibt er mir ein Exklusivinterview." „Nein! Eiko, das ist der Hammer. Dann hat sich Deine Aktion mit der Visitenkarte ja tatsächlich gelohnt." „Sicher." „Was auch sicher ist, dass ich mitkomme. Schließlich hättest Du nicht die Exklusivstory, wenn ich Dich nicht zur Pressekonferenz mitgenommen hätte." „Wolltest Du nicht einen Kaffee trinken?" „Ja, aber das eine hat ja nichts mit dem anderen zu tun." „Klar nehme ich Dich mit, aber jetzt nehme ich erst einmal einen Cappuchino!"

INTERVIEW MIT FOLGEN

Benjamin Smith, alias Max macht sich auf dem Weg zum Fairground Haus, das er sich im Web herausgesucht hatte. Für ihn ist seine neue Heimat immer noch fremd, wie ein Großstadtdschungel. An der ungewöhnlichen, schlanken, sehr filigranen Architektur, macht er das Gebäude schon einige Blocks entfernt aus. Im Erdgeschoss befindet sich ein Kaffeehaus. Man sitzt wohlklimatisiert unter Palmen, einige Leute arbeiten an ihren Tablets, andere unterhalten sich lebhaft mit holografischen Bildern oder mit anwesenden Gesprächspartnern. Benjamin kann seine Interviewpartnerin noch nicht ausmachen und entscheidet sich für einen Platz am Fenster. Kaum hat er Platz genommen, kommt eine Frau in Begleitung eines etwas hektisch wirkenden Mannes ins Kaffee. Beide sind Asiaten und schon erinnert sich Benjamin an die Beiden. „Hallo, ich bin Eiko, das ist mein Kollege Lee." „Ich kann mich an Sie erinnern, hallo." „Macht es Ihnen etwas aus, wenn mein Kollege unser Gespräch aufzeichnet?" „Nein, es hilft Ihnen wahrscheinlich das Interview exakt wiederzugeben." „Ganz genau." Lee fummelt hektisch an seinem Mobilphone herum, um es anschließend in die Mitte des Tisches zu legen. Eine Bedienung steuert den Tisch an und nimmt die Bestellung auf, ohne zu wissen, dass ihre Stimme nun auch auf der Aufnahme des Interviews ist. Dann beginnt Eiko zunächst über einige Formalitäten des Exklusiv-Vertrages zu sprechen und geht ihn kurz mit Benjamin durch, der mit den Modalitäten einverstanden ist. Anschließend beginnt sie mit dem Interview:

„Benjamin, bei der Pressekonferenz teilten Sie den Reportern mit, dass Sie sich nicht mehr an den Absturz des Flugzeugs erinnern können. Ist in der Zwischenzeit etwas in Ihre Erinnerung zurückgekehrt?" „Nein, leider nicht. Vielleicht ist es ja auch ein Glücksfall, denn es war mit Sicherheit nicht lustig, was in den letzten Minuten an Bord des Flugzeugs passiert ist." „Was ist das Letzte, an das Sie sich erinnern?" „Ich habe am Strand, im seichten Wasser gelegen, die Wellen haben mich wachgeschaukelt, ich hatte mich am Wasser verschluckt." „Was haben Sie als nächstes getan, was ist Ihnen durch den Kopf gegangen?" „Mir war schlecht und mir war heiß, wahrscheinlich hatte ich einen Sonnenstich. Auf jeden Fall war mir instinktiv klar, dass ich schleunigst in den Schatten musste. Ich richtete mich auf und lief in Richtung des dichten Regenwaldes. Dort lief ich eine weile umher auf der Suche nach Essbarem und Wasser. Schnell war wir klar, dass ich mich an nichts mehr erinnerte. Mir kam der Gedanke, ich würde nur träumen... diesen verwarf ich aber bald schon wieder. Nach einer weile hörte ich ein Rauschen. Es war das Rauschen eines kleinen Wasserfalls an einer kleinen Lagune im Halbschatten. Ich war fasziniert von der Schönheit dieses Platzes." Benjamin macht eine kurze Pause und starrt dabei auf die Kaffeetasse, die von der Bedienung vor ihn gestellt wird. Dann fährt er fort und schaut dabei Eiko an: „Und wissen Sie, was das faszinierendste an diesem Platz war... es war beinahe unwirklich. Dort im Halbschatten lag eine wunderschöne Frau." „Wo kam diese Frau her, wer war sie?" „Wie sich später herausstellte, war sie ebenfalls in dem Flieger. Sie war aber seltsamer Weise schon einige Tage, eher einige Wochen vor mir da. Ich habe sie sehr bewundert, weil sie schon ein Lager gebaut hatte, eine Menge brauchbares vom Flugzeug gesammelt hatte. Sie kam gut mit der Situation zurecht, war eine Königin im Improvisieren. Sie hatte alle Leichen, die angeschwemmt wurden, begraben und obendrein für uns gejagt. Sie hat mir gezeigt, wie man Fische fängt. Wenn sie nicht gewesen wäre... ich hätte wahrscheinlich nicht überlebt." „Sie und diese Frau..." „Sie hieß Laguna…" „Sie und Laguna… Sie waren lange alleine auf der Insel, ganz alleine, so als Mann und Frau, ich meine… hat sich etwas zwischen Ihnen abgespielt?" „Ich war von Laguna vom ersten Moment an fasziniert… sie war sehr attraktiv, sie war intelligent…. wir fanden uns gegenseitig anziehend und es hat nicht lange gedauert, bis wir auch zusammen intim waren." „Wo ist Laguna jetzt, warum war sie nicht bei der Pressekonferenz?" Benjamin schweigt einen Moment. „Sie wollte bleiben. Als wir schließlich entdeckt wurden, wollte sie bleiben. Eigentlich hätte es mir schon vorher klar sein müssen. Sie kam perfekt mit der Situation auf der Insel zurecht, hat sich mit allem arrangiert, ja sie schien sogar glücklich. Im Nachhinein bin ich mir sicher, dass Sie die Zivilisation, im Gegensatz zu mir nicht vermisste. Trotzdem unterstützte sie alle meine Pläne gerettet zu werden." „Was war es für ein Gefühl, sie zurück zu lassen?" „Glauben Sie mir, in dem Moment als ich aus dem Flugzeug, das uns beide retten sollte, nach unten auf die Insel sah, tat mir es sehr weh… wir hatten eine emotionale Bindung, ich weiß nicht, ob ich gleich von Liebe sprechen würde, vielleicht eher von Zuneigung zwischen Mann und Frau, doch wir waren für eine Zeit die einzigen Menschen auf der Welt." „Inzwischen haben Sie einen neuen Namen, haben Sie auch ein neues Leben?" „Sagen wir, ich versuche mich zurecht zu finden. Das hier ist nicht meine Welt, ich muss noch viel lernen, mich orientieren, aber es ist die einzige Welt, die ich kenne… bis auf die Insel. Ich mache nun Gegenwart zur Vergangenheit, denn ich kann mich an mein altes Leben nicht mehr erinnern." „Es kommt sehr selten vor, dass Menschen alles Vergessen, was haben die Ärzte gesagt?" „Das gleiche – es kommt selten vor. Sagen Sie, Eiko. Ich kenne niemanden hier in der Stadt. Würden Sie denn eventuell einmal mit mir Essen gehen und ein wenig die Stadt zeigen?" Eiko zögert einen Moment. Dann schaltet sie das Mikrofon im

Mobilfon ab und ein Lächeln spielt mit ihren Mundwinkeln. „Sehr gerne Benjamin, sehr gerne gehe ich mit Ihnen aus. Wie ist Ihre Telefonnummer?" „Ähm... haben Sie was zu schreiben?" „Ja, natürlich." Eiko kramt einen Stift aus ihrer Tasche und gibt ihn ihrem Gegenüber, dabei berühren sich ihre Hände und Benjamin hält einen Moment inne. Er kritzelt die Ziffern seiner Telefonnummer auf das Papiertütchen des Zuckers, das noch neben seiner Kaffeetasse lag. „Hier, das ist ne ganz süße Nummer." Eiko muss kichern und steckt das Zucketütchen in ihre Tasche. Dann stellt sie das Mikrofon wieder an und fährt weiter mit dem Interview fort.

„Ich darf Sie auch anrufen, wenn mir noch eine Frage einfällt? Das passiert manchmal, wenn ich das Interview schreibe." „Natürlich, Eiko." „Vielen Dank für Ihre Zeit, Benjamin. Das Interview, wird nächste Woche erscheinen, vorher erhalten Sie noch eine Abschrift, um es freizugeben, dazu benötige ich noch Ihre E-mail." „Anderer Vorschlag, rufen Sie mich an, wenn Sie fertig sind, dann verbinden wir die Freigabe mit einem Abendessen." Eiko lächelt und willigt ein.

Nachdem sie sich alle verabschiedet haben, bleibt Benjamin sitzen, Eiko und Lee verlassen das Kaffeehaus in Richtung Redaktion. Vor der Tür spricht Lee Eiko an: „Was war das denn da zum Schluss?!" „Was meinst Du? Dass er mir seine Nummer gegeben hat?" „Ja, da läuft doch was oder?" „Lee, die Nummer brauche ich schon allein deshalb, um mit Benjamin in Kontakt zu bleiben, aber ich finde ihn durchaus sympathisch." Lee schüttelt lachend den Kopf und hält mit erhobenen Arm ein heranfahrendes Taxi an.

EINE NEUE WOCHE, EIN NEUES LEBEN

Benjamin sitzt auf dem Sofa und liest in einem Buch, als sein Mobiltelefon klingelt. „Ja bitte." „Hallo hier ist Eiko. Wie geht es Ihnen?" „Mir geht es gut." „Ich melde mich, weil ich das Interview fertig habe." „Gut, kennen Sie ein Restaurant, wo wir uns treffen können, damit ich es Ihnen freigeben kann?" „Ja, ich wüsste eines auf einer Terrasse eines dieser Off-Shore-Buildings draußen vor der Küste, mit tollem Blick über das Meer." „Das hört sich ausgezeichnet an." „Würde es Sie stören, wenn ich zu dieser Gelegenheit einige Fotos von Ihnen machen würde, um das Interview etwas zu bebildern?" „Nein, das stört mich nicht. Wann sollen wir uns treffen?" „Morgen um acht, im ‚Beluga'?" „Okay, ich sehe nach welche Adresse das hat und werde da sein." „Am besten nehmen Sie ein Airtaxi, das geht am schnellsten, über Wasser haben Sie manchmal lange Wartezeiten, und die Fahrt selber dauert mehr als doppelt so lang." „Schön, ich freue mich auf Sie, Eiko." Eiko ist einen kurzen Moment still und erwidert dann mit einem: „ich mich auch." Nachdem sie aufgelegt haben, sieht Eiko noch einige Augenblicke auf ihren Flat Screen des PCs ohne etwas zu lesen oder zu erkennen. In ihr verfestigt sich ein Gefühl einer lange nicht mehr empfundenen Geborgenheit und Vertrautheit.

Benjamin, schaut sich die Bilder der Webseite des ‚Belugas' an. Eine moderne, aber dennoch warme Atmosphäre entspringt einer kuppelartigen Architektur, deren riesige, rundlichen Fensteröffnungen und Terrassen auf das tiefblaue Meer blicken lassen, wobei der Blick von einigen anderen architektonischen Schönheiten gesäumt wird, die bei Dämmerung mit warmen Licht akzentuiert sind. Ein schöner Platz, denkt sich Benjamin. Eiko ist eine Frau mit Geschmack, soviel steht fest. Wie sie wohl privat ist? Wahrscheinlich wird sich morgen beim Abendessen die Gelegenheit ergeben auch das herauszufinden.

Dann ist der Abend da. Benjamin hat sich in den letzten Wochen immer wieder einmal mit neuen Kleidungsstücken eingedeckt. Unter anderem mit einem dunklen Anzug, in dem er sich im Spiegel betrachtet. Zum Friseur könnte er wieder einmal gehen denkt er sich bei seinem Spiegelbild. Ansonsten scheint ihm der Anzug dem Anlass entsprechend. Er ruft bei der Airtaxi-Zentrale an und bestellt sich ein Taxi an seine Adresse. Die elektronische Stimme am Telefon sagt ihm, dass das Airtaxi in fünf bis sieben Minuten eintreffen würde. Benjamin verlässt die Wohnung und nimmt den Aufzug ins Erdgeschoss. Durch die großen Scheiben der Lobby sieht er wie gerade sein Airtaxi auf dem Vorplatz landet. Mit diesen Taxis ist man schnell in den Außenbezirken der Megacity und vor allem bei den Stadtteilen die weiter draußen im Meer angesiedelt sind. Sie sind klein und wendig, können fahren und fliegen. Meist sieht man diese mit der kleinen weißen Vierpersonenkabine über der die vier, in Ringe eingefassten, großen Rotoren arbeiten. Die Tür des Taxis öffnet sich automatisch nach oben, als Benjamin sich ihm nähert. Der Fahrer fragt ihn nach seinem Namen. „Benjamin Smith, es geht zum Beluga..." Die Adresse braucht der Taxifahrer nicht, der Ort scheint ihm wohl bekannt. Die Tür der Beifahrerseite senkt sich beinahe lautlos und verriegelt sich. Schon hebt das Airtaxi mit stumpfem Summen ab. Die Stadt ist goldgelb von der untergehenden Sonne angestrahlt und wirkt an diesem Abend besonders elegant, beinahe festlich. Nach einigen Minuten werden die Lücken zwischen den hohen, hellen Gebäuden, an denen jetzt vereinzelnd schon Lichter in den Fenstern zu sehen sind, größer, in den Zwischenräumen macht sich tiefblau der Ozean platz. Das Airtaxi geht in eine weite Kurve und verlangsamt dabei die Geschwindigkeit. Im Landeanflug kann Benjamin Menschen in den beleuchteten Fenstern eines Benachbarten Gebäudes erkennen, die noch bei der Arbeit sind. Das Taxi setzt auf einer großen, fast runden Terrasse am oberen Drittel des eleganten Gebäudes auf. Benjamin bezahlt den Fahrer, der die Flügeltür zum Ausstieg öffnet.

Ein Mann, der Aussieht, wie ein Chefkellner im maßgeschneiderten blau-glänzenden Anzug, kommt Benjamin auf halber Strecke der Landeplattform entgegen. „Guten Abend mein Name ist Geralde Mansour, darf ich Sie nach ihrem Namen fragen?" „Guten Abend, Smith. Der Tisch wurde von einer Bekannten reserviert sie heißt SAWADA, EIKO SAWADA." Der Chefkellner sah auf einer Art Navigationsgerät nach. „Ja, ich habe Ihren Tisch gefunden. Würden Sie mir bitte folgen? Frau Sawada ist schon da." Beide laufen von der Landeplattform durch einen, mit einer Schiebetür verschlossenen Eingang in der leichten, hellen Architektur aus schmalen weißen Rippen vor riesigen Glasflächen, die Benedict aus dieser Perspektive beinahe an Sauerstoffblasen unter Wasser erinnern. Innen geht es vorbei an großen und kleinen, organisch geschwungenen Tischen, deren Sockel wirken als seien sie aus an den Strand gespülten, von der Sonne und vom Salzwasser gegerbten Ästen geflochten. Die Innenbeleuchtung ist so raffiniert, indirekt, dass das Lichtspiel draußen über dem Ozean nicht verfälscht oder entwertet wird. Schon von weitem erkennt Benjamin Eiko an einem kleinen Tisch direkt an der Meeresseite des Innenraumes. Sie trägt ein atemberaubendes weißes Kleid, das eigentlich nur aus kleinen, grafischen Stoffdurchbrüchen besteht ohne zu viel preiszugeben oder gar billig zu wirken. Sie schaut von ihrem Mobiltelefon auf und sofort beginnt sie zu strahlen. „Da sind wir", sagt der Chefkellner. „Hallo Eiko, Sie sehen bezaubernd aus." „Ich danke Ihnen. Wie finden Sie das Restaurant?" „Beeindruckend, dass muss ich gestehen. Seit ich hier bin, habe ich so etwas noch nicht gesehen." „Na dann hat es sich ja schon allein deshalb gelohnt."

Sie fingen an über dies und das zu reden, bis Eiko ein Tablet herausholte. „Benjamin, wie ich schon ankündigte, brauche ich noch ein, zwei Fotos von Ihnen um das Interview noch etwas zu bebildern. Kann ich die schnell machen bevor wir zum gemütlichen Teil übergehen?" „Klar, wie soll ich schauen, was soll ich tun?" „Unterhalten Sie sich einfach weiter mit mir... was haben Sie letzte Woche alles so gemacht?" Sie beginnt mit dem Tablet zu fotografieren. „Nun, wenn ich ehrlich bin... ich habe viel an Sie gedacht. Vielleicht sollten wir einfach Du sagen?" „Ach was. Was hast Du denn so gedacht?" „Das es seltsam ist, wie vertraut Du mir bist..." „Das ist ja interessant." „Mir kam der Gedanke, dass ich Dich vielleicht, schon vor meinem Gedächtnisverlust kannte. Den habe ich dann, aber gleich verworfen, denn Du hättest, dann ja mit Sicherheit anders reagiert..." „Ja, bestimmt. Vor Allem mit Eifersucht, wegen Deiner Affaire mit dieser Laguna.... ich denke, dann wäre auch das Interview nie zustande gekommen." Sie setzt das Tablett ab, blättert durch stetiges Wischen die gemachten Bilder durch. „Wow, schau mal, die sind gut geworden.... Du erinnerst mich an einen Schauspieler. Deine Augenbrauen – ja, Deine Augenpartie ist wie die von Tom Cruise!" „Findest Du?" „Ja, aber noch interessanter finde ich Deine grau-melierten Haare..." Ihre Hände berühren sich zufällig auf dem Tisch, einen Moment schauen sich beide an, als würde alles um sie herum nicht existieren, doch dem ist nicht so. Plötzlich steht eine Kellnerin am Tisch: „Sie haben schon gewählt?" Benjamin, sofort auf dem Boden der Tatsachen zurückgeholt: „Nein, ehrlich gesagt haben wir uns nur unterhalten und noch nicht ins Menu geschaut." „Das holen wir aber gleich nach", fügt Eiko hinzu. „Kein Problem, nehmen Sie sich Zeit, ich komme gleich noch einmal wieder." „Gerne," gibt Eiko der Kellnerin lächelnd zurück. Während die beiden sich in die Speise und Getränkekarten vertiefen, wandelt sich der Himmel, draußen über dem Ozean vom Türkis-Gelb-Verlauf in ein samtiges Dunkelblau mit silbrigem Staub aus Milliarden von Sternen. Eiko beobachtet Benjamin über den Rand ihres Menüs hinweg und bemerkt: „Du bist für den Wein zuständig..." Benjamin schmunzelnd: „Geht klar."

Nach dem ausgiebigen Essen aus mehreren Gängen von Seafood, Algen, und einem Dessert aus der Molekularküche, ordert Benjamin eine zweite Flasche des Weines. Im Moment als er sich wieder Eiko zuwendet, bemerkt er dass sie ihn die ganze Zeit angeschaut hat. Ihr Blick ist irgendwie verträumt und überhaupt nicht mehr der, der Journalistin, die er vor einigen Wochen kennen gelernt hat. Er ergreift ihre Hand und erwidert ihren Blick: „Was machen wir beide denn jetzt noch mit diesem wunderschönen Abend? Es wäre schade, wenn er jetzt schon zu ende wäre." „Ach, deshalb die zweite Flasche Wein?!" Eiko lacht. „Der war doch gut oder?" „Ja das auf jeden Fall, Ben. Ich habe einen Vorschlag. Kennst Du den Club, der zu diesem Restaurant gehört?" „Nein, den kenne ich auch noch nicht." „Er ist im Tiefgeschoss und seine Besonderheit ist, dass man sich unter der Wasseroberfläche befindet. Die Decke besteht aus verschieden großen Glaskuppeln, durch die man die Meeresbewohner über sich hinwegschwimmen sehen kann. Licht ist sparsam und indirekt in Bodennähe angebracht, so hat man das Gefühl, man sitzt im blauen Ozean bei den Fischen. Tagsüber wenn die Sicht besser ist, schwimmen häufig Animierdamen in Meerjungfrauenkostümen an den Kuppeln entlang. Sie tragen wirklich nichts... außer ihrem „Fischunterleib." „Hört sich interessant an." „Wie gesagt, Abends sind sie nicht da", erläutert Eiko und lacht schelmisch. „Ich glaube, ich hätte sowieso nur den Blick für eine Meerjungfrau und das ist die, die mir gerade gegenübersitzt." Darauf hin küssen sich beide und lassen erst wieder von sich als die neue Flasche Wein neben sie raschelnd in den Eiskühler gestellt wird. Die Kellnerin traute sich wohl nicht zwei frisch Verliebte zu stören, und verzichtet darauf das Flaschenetikett zu präsentiert und einzuschenken.

Als Benjamin einschenkt, beginnt Eiko zu kichern: „Ben, kann es sein dass Du mich ein bisschen betrunken machen willst?" „Aber nur ein bisschen, denn... wir wollten ja noch in den Club ohne Meerjungfrauen." Beide müssen grinsen. „Weißt Du, dass ich mich seit langem wieder geborgen fühle? Mein letzter Freund war immer nur auf Geschäftsreise, später kam aber heraus, dass er mich nicht nur einmal betrogen hat. Eigentlich wollte ich überhaupt keine Beziehung mehr, sondern konzentrierte mich voll auf den Job und jetzt treffe ich Dich ausgerechnet hier, in meinem Job. Diesen schönen, etwas zurückhaltenden Mann, mit den Augenbrauen von Tom Cruise." „Benjamin fühlt sich einerseits geschmeichelt, andererseits wird er einen Moment lang verlegen und starrt lächelnd in sein Glas, das er gleich darauf erhebt und sagt: „Auf meine kleine Meerjungfrau."

Nachdem sie ausgetrunken haben, nehmen sie den Lift nach unten in den Club. Als sich die Lifttüren öffnen ist es wesentlich dunkler und der wummernde Bass der elektronischen Musik sorgt für eine dichte, fast berauschende Atmosphäre. Eiko nimmt Benjamin an die Hand, sie kennt sich hier schließlich aus. Es geht durch einen, ausschließlich von hunderten

Kerzen beleuchteten Raum, mit vielen bequemen Sofas, die extrem hohe Rückenlehnen im Ohrensesselstil haben.

Und dann eröffnet sich den beiden eine riesige Kuppel, die den Blick in die blaue Landschaft des Ozeans frei gibt. Hier wechselt der beleuchtete Boden ständig die Farbe, manchmal im Takt der Musik. Die beiden Djs tragen Helme, die Ihnen den Look von Robotern verleihen. Benjamin war sich nicht ganz sicher, ob es nicht vielleicht künstliche Intelligenzen waren, die darauf programmiert waren, die Menschen mit ihren Grooves mitzureißen. Eiko und Ben kommen an einer Bar an. „Jetzt lade ich Dich ein, Ben. Zuerst würde ich vorschlagen, wir nehmen eine Runde Sauerstoff – der macht uns wieder hell wach." Eiko lacht und bestellt zweimal O2 bei einer sexy Barfrau im schwarzen Lack-Catsuite, der in dieser Umgebung an einen Taucheranzug erinnerte. Sie reicht den beiden zwei transparente Atemmasken. „Wie macht man das jetzt?" Eiko macht es Ben vor: „Du drückst sie einfach auf Mund und Nase... und atmest normal weiter." Beide genießen die Atmosphäre um sie herum. Elegant gekleidete Menschen tanzen, auf Emporen räkeln sich Tänzerinnen, die nur mit Blättern und Ranken aus dem Meer bekleidet sind. In Sitzgruppen hängen relaxt Paare ab, die Wasserpfeifen rauchen. „Ich glaube der Sauerstoff wirkt", sagt Ben zu Eiko. Sie grinst ihn an, ein Schwarm größerer Fische schwimmt langsam wie eine Wolke am nächtlichen Meereshimmel über die Kuppel hinweg. Ben fast sich ein Herz und fragt Eiko: „Wollen wir tanzen?" Eiko legt die Sauerstoffmaske auf den Tresen und beide stürzen sich in die Menge der sich zur Musik bewegenden Menschen. Ben ist fasziniert von Eiko, wie sie sich, in ihrem körperbetonten Kleid bewegt, wild ihre Haare nach links und rechts schleudert. Plötzlich legt sie beim Tanzen ihren Arm um Bens Nacken. Beide tanzen Körper an

Körper, sehen sich dabei tief in die Augen. Für Benjamin gerät die ganze Szenerie plötzlich in Zeitlupe. Die Enge lässt Eikos Becken an seinem spüren. Seine Hände fahren ihren geschwitzten Rücken hinab zur Taille, um sie herum scheint nur der Ozean zu sein und für Ben fühlt es sich an als würde er mit Eiko unbekleidet im Ozean treiben. Der Tanz der beiden wird immer langsamer. Sie beginnen sich zu küssen und vergessen dabei schließlich ganz das Tanzen.

Nach einer ganzen Weile kommen beide wieder zu sich, Eiko muss grinsen. Benjamin meint: „Küssen macht durstig, ich hole uns mal noch zwei Gläser Wein. Er küsst Eiko noch einmal zärtlich und macht sich dann auf den Weg durch die Menge in Richtung der Bar. Eiko lässt in der Zwischenzeit ihren Blick durch die Räumlichkeiten wandern. Da sind andere Pärchen, einige scheinen auch frisch verliebt zu sein. Draußen im Wasser schwebt gerade ein großer Rochen wie ein schwarzer Schatten vorbei. Es setzt seine Flossen nur sparsam ein um elegant im Blau zu verschwinden, das bald zu Schwarz wird. Die Animationstänzerinnen laufen zur Hochform auf, während ihre vor Schweiß glänzende Haut, manchmal goldgelb und dann wieder rotviolett schimmert. Die beiden Djs haben anscheinend auch ihren Spass, sind voll in ihrem Element. Die Menschen auf der Tanzfläche sind zum großen Teil nur als Schatten vor dem Ozeanpanorama wahrzunehmen, sie bewegen sich zur Musik wie Korallen, die sich in der Meeresströmung wiegen. Da ist Benjamin wieder zurück. „Hast Du auch den Rochen gesehen", fragt er Eiko begeistert während er ihr eines der Weingläser reicht. „Ja habe ich, Cheers." Beide stoßen an und können die Augen nicht von einander lassen. Benjamin schießen Gedanken und Bilder durch den Kopf. Er kann sich dem Gefühl nicht erwehren, dass er auf dem besten Weg ist sich zu verlieben.

Heute Nacht möchte er jeden Falls um jeden Preis bei Eiko bleiben, da ist nicht nur die sexuelle Anziehung, sondern auch diese seltsame Vertrautheit oder vielleicht ist es auch Geborgenheit, der Unterschied war hier diffus. Eiko fühlt sich leicht beschwipst, wobei ihr klar ist, dass es nicht allein der Wein ist, der sie in diesen warmen Gefühlsmantel hüllt. Sie fühlt sich zu Ben hingezogen und ist sich sicher, dass dies der Mann ist, den sie heute Abend möchte... den Sie vielleicht für immer möchte. Sie hat das Gefühl, dass sie ihm absolutes Vertrauen schenken kann, so als würde sie ihn schon seit Jahren kennen.

Einige lange Küsse und engumschlungene Tänze später, sind ihre Weingläser leer. Einige Gäste brechen auf. Auch Eiko ruft über ihr Mobilphone ein Airtaxi, dann wendet sie sich an Ben: „Kommst Du noch mit zu mir?" „Ich habe gehofft, dass Du mich das fragst." „Lass uns auf die Plattform, nach oben fahren, das Airtaxi ist in fünf Minuten da", sagt sie und greift ihre Handtasche. Ben greift ihre Hand und beide bahnen sich den Weg Richtung Aufzug.

Draußen auf der Plattform war es inzwischen windig und kalt geworden. „Du holst Dir hier eine Erkältung," sagt Ben und streift sein Jackett ab, um es Eiko um die Schultern zu legen, dabei bemerkt er ihre Gänsehaut, die sich für ihn sehr reizvoll anfühlt. „Das da drüben ist bestimmt unser Taxi, wetten wir," sagt sie zu Ben, strahlt ihn dabei an wie ein Mädchen in einem Freizeitpark und deutet dabei auf ein Airtaxi, dass einen eleganten Bogen fliegt, um dann stark verlangsamt und mit blinkenden Positionsleuchten auf der Plattform zu landen. In der oberen Ecke der Cockpitscheibe leuchtet die Ziffer 37. „Das ist unsere Nummer," ruft Eiko aus, um den Sound der vier Rotoren zu übertönen. „Du hattest recht", ruft Ben zurück. Die Flügeltür öffnet sich beinahe geräuschlos und beide steigen schnell ein. Eiko gibt dem Pilot ihre Adresse, danach löst er via Knopfdruck, die getönte Trennscheibe aus, die ihn von den Gästen trennt, um ihnen die nötige Privatsphäre zu gewehrleisten. Eiko schält sich wieder aus Bens Sakko. Der erhascht in diesem Moment durch Zufall einen Blick seitlich in das weiße, durchbrochene Kleid Eikos, wo sich ihm für einen Augenblick der Ansatz einer Brust präsentierte. Als sie ihn liebevoll anschaut, ist ihm nicht klar, ob sie den Blick bemerkt hat oder nicht, aber was spielt es noch für eine Rolle, denkt er sich. Am Horizont des Ozeans ist ein dünner heller, türkisschimmernder Streifen zu sehen. „Schau, die Sonne geht bald auf", sagt sie zu ihm. Er schmiegt sich an ihren Hals, um das Schauspiel durch die scheibe auf ihrer Seite zu beobachten. Dabei nimmt er ihren Duft war, nicht nur den ihres Parfums, sondern auch den ihrer Haut, der ihn an irgendetwas, aus früheren Zeiten erinnert – und doch kann er sich nicht entsinnen, an was.

Das Airtaxi landet im Zentrum eines großen Verkehrskreisels von dem einige Zebrastreifen über die Fahrbahn abgehen. Der Verkehrskreisel ist auch um diese Zeit noch reich befahren. Eiko bezahlt den Taxipilot, der die Flügeltür öffnet. Beim Aussteigen ist Benjamin ihr behilflich. Sie deutet auf ein weißes Hochhaus, das sogar im Dunkeln heller aussieht als die benachbarten Gebäude. „Dort wohne ich." Im Aufzug hält Eiko ihre Schlüsselkarte auf ein Pad, das daraufhin den 29. Stock anzeigt. Ben drückt Eiko zärtlich an die Wand des Lifts und küsst sie. Erst den Mund, dann den Hals. Eine seriöse Frauenstimme informiert: „neunundzwanzigster Stock." Eiko kichert und beginnt durch den langen, mit sehr weichem Teppich ausgelegten Flur zu rennen. Ben versucht sie einzuholen, denn er war eigentlich noch nicht fertig mit seinen Küssen. Er holt sie ein, als sie mit ihrer Schlüsselkarte die Robuste Tür zu ihrer Wohnung öffnet. Hinter ihnen fällt die Tür ins Schloss. Eiko kommt nicht dazu den Lichtschalter zu drücken, da findet sie sich wieder in fester Umarmung. Ben's Leidenschaft entflammt auch sie und ihr Kuss sollte so intensiv sein, dass er Ben den Atem raubt. Er reißt sich los und drückt Eiko im Handumdrehen geschickt mit der Brust zur Wand, im Augenwinkel erkennt sie seinen Schatten, wie er behutsam und doch zielstrebig, den Reißverschluss ihres Kleids öffnet. Eiko dreht sich um, fixiert Benjamins Augen, die sie gerade noch so im Zwielicht der Straßenbeleuchtung, die sich von draußen hereinstielt, erkennt. Dann lässt sie ihr Kleid zu Boden fallen. Ben küsst sie erneut und spürt ihre Brüste an seiner. Sie führt ihn weiter, Kuss für Kuss, Berührung für Berührung durch die dunkle Wohnung. Er ertastet einen Tisch. „Lass es uns hier tun." In Bens Umarmung knöpft Eiko ihm sein Hemd auf und entgegnet: „Den heben wir uns für morgen auf, ich will jetzt mit Dir ins Bett..."

Diese Nacht wurde nur wenig geschlafen. Ben schält sich aus der weißen Bettwäsche, die Sex und Eikos Parfüm riecht. Er schiebt die große Glastür zur Terrasse auf und versucht leise dabei zu sein, dreht sich zu Eiko um, die noch schlafend auf dem Bauch im riesigen weißen Bett liegt, wie in einem Meer aus weißem Stoff. Nur ein angewinkeltes Bein und ihr Po schaut heraus und macht Ben schon wieder Lust. Er genießt den Anblick für einen Wimpernschlag und setzt sich dann in Bewegung auf die Dachterrasse.

Der morgendliche Himmel ist noch farblos. Von unten herauf quellen schon die Geräusche der Großstadt, ein milder Wind spielt mit seinen Haaren. Er schaut nach unten auf den Verkehrskreisel, auf die anderen hohen Gebäude um ihn herum.

Er fühlt sich zum ersten Mal, seit er sich erinnern kann, wieder glücklich und irgendwie vervollständigt. Während er so in sich hineinhört, schmiegt sich Eiko von hinten an ihn. Er kann spüren, dass sie nichts an hat. Zärtlich küsst sie sein Genick, dann deutet sie auf ein Werbeplakat, an einem der Häuser gegenüber. Sein Blick folgt ihrem Arm und liest auf dem Plakat:

DIE WELT IST VIEL MEHR ALS SIE VORGIBT ZU SEIN...
Er denkt sich, wie war... eben wusste er noch nicht einmal wer er war und wo er herkam und im nächsten Moment beginnt ein neues Leben.